国际大奖儿童文学

INTERNATIONAL AWARD-WINNING CHILDREN'S LITERATURE

国际大奖儿童文学

吹号手的诺言

［美］埃里克·凯利 著
黄婷 编译　不画猫 绘

科学普及出版社
·北京·

前言

随着年龄的增长，人会越来越需要阅读，不只是因为在现实世界中我们需要不断进行知识升级，更是因为我们需要故事。故事是精神的食粮，使我们不致荒芜地走完人生的旅程。一个人的所有经历，从成为回忆的那刻起，便成为这个人独有的故事。我们在阅读故事时，会笑，会敬畏，会充满激情地去行动，会想改变什么，会更加了解人之为人的原因。

我们可以通过阅读一本本经典之作，了解别人的故事，反思我们自己的人生。阅读让我们不必亲身经历苦难而知道苦难。阅读也可以让我们重构过去，塑造现在，面向未来。对于孩子来说，也是如此。他们的喜怒哀乐，可以通过阅读找到共鸣，获得抚慰。

一个人在七八岁，或者更早一些的年纪，捧起第一本满篇都是文字的书，这便是独立阅读的开始。如果这本书是世界经典作品，那么它将告诉孩子，在哺育他的文化背景之外，还有另外一种文化。除了他看到的、想到的，还有一个人用另一种视角、另一种思想看待和理解我们这个世界。这种美妙的阅读体验，有时会被难以理解的词汇和拗口的语句阻碍，有时会被个人有限的知识束缚，有时会被过长的篇幅和未养成的阅读习惯牵制……

　　为了避免给孩子带来以上问题，在编译这套"国际大奖儿童文学"书系时，我们邀请了一线教研人员和儿童文学作家，一遍遍打磨本书系的语言，最大限度地让书中的语句形象生动、明白晓畅。让孩子在脱离父母、老师辅助的第一次自主阅读时，不但能自己读懂，还能在头脑中形成画面，领悟原著的精髓，领略文字的魅力，带来想象力的提升。

　　为了将绘本阅读带来的美好体验和审美习惯延伸进自主阅读中，本书系中的每个分册都加入了大量的精美插图，帮助孩子理解故事，增加阅读趣味。当然，本书系也十分适合亲子共读。父母不仅是孩子的长辈，也是孩子的朋友。共同阅读一本经典作品，可以更好地促进良好亲子关系的形成。或许，在与孩子讨论某个人物、某个片段时，孩子的独到见解，也能令父母再次成长。又或许，在听孩子复述一个个故事、描绘一位位主人公时，父母会惊讶于孩子表达能力的提高，以及他们情感的丰富与细腻。

　　阅读让我们了解其他人的观念与思想，让不同的人拥有互通的语境。在这个背景下，我们有了沟通的桥梁，能够更好地给予理解，产生共鸣。希望本书系能成为孩子成长的多功能桥梁，而不局限于阅读一个方面，这也是本书系出版的初衷。

目 录

001　引子
未完成的音符

007　第一章
不愿卖南瓜的人

016　第二章
克拉科夫

030　第三章
炼金术士

044　第四章
善良的扬·康迪

054　第五章
鸽子街

065　第六章
吹号手的塔楼

072　第七章
炼金术士的阁楼

081　第八章
纽扣脸彼得

092　第九章
纽扣脸彼得的袭击

第十章	101	第十五章	153
魔鬼现世		国王卡济米尔·亚盖洛	
第十一章	109	第十六章	165
进攻教堂		塔尔诺夫水晶球的归宿	
第十二章	119	尾声	169
埃尔兹别塔差点没听到中止音		未完成的音符	
第十三章	130		
塔尔诺夫大水晶球			
第十四章	144		
大火肆虐			

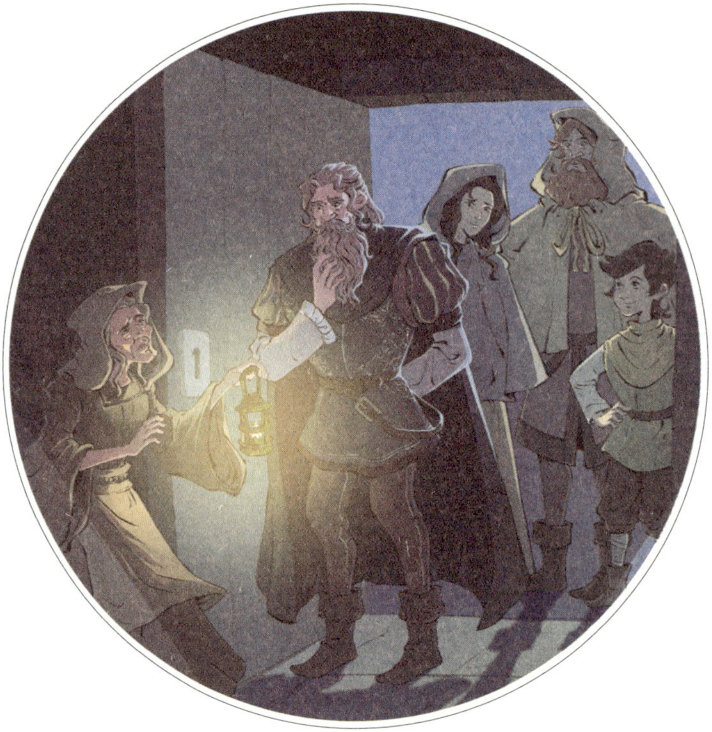

- 克拉科夫吹号手的古老誓言 -

  作为一个波兰人，作为波兰国王的仆人，我以我的荣誉起誓：如果有需要，我将忠诚地在以圣母之名命名的教堂塔楼上，每小时吹响《海纳圣歌》以纪念圣母，直到我生命的最后一刻。

引子
未完成的音符

1241年春天,关于东方的鞑靼人即将再次进犯的传言开始顺着基辅的道路四处传播。生活在罗斯的人们听到"鞑靼"这个词之后,血管里的血液几乎因恐惧而凝固。男人们止不住地打哆嗦,女人们紧紧抱住了她们的孩子。

又过了几周,传言愈传愈烈,说战争已经波及我们的祖国波兰。人们听闻鞑靼人打到了乌克兰,紧接着又听到了基辅以及"雄狮之城"利沃夫沦陷的消息。野蛮的鞑靼军队正以不可阻挡之势向前挺进,只需要再跨过几个宁静的村落和几片肥沃的田地,他们就将兵临克拉科夫城下。

鞑靼人像野兽一样横扫了全世界,他们所到之处生灵涂炭,寸草不生。这群人五短身材,皮肤黝黑,胡子蓬乱,长发编成一根根的小辫子,通常骑着矮脚马。那马背上所载着的琳琅满目的物件,全都是他们在战争中掠夺的战利品。他们无畏如雄狮,勇猛似斗犬,却有着一副铁石做的心肠,不知道什么叫作手下留情,更别提怜悯之心和对上帝的信仰了。

他们骑着战马，手里拿着皮革和铁做的圆形盾牌，将长矛挂在马鞍上；他们的肩膀和大腿裹着兽皮，有的人戴着金子做的耳环或者鼻环，飞奔起来，气势不可阻挡。他们行军的时候灰尘从小矮马的蹄子底下一直扬到天上，响雷一般的马蹄声在很远的地方就能听到。由于人数实在太多，整支队伍要花几天时间才能通过一个地方。在距离他们几英里[①]的后方，还有隆隆作响的大车满载着奴隶、粮食和战利品——一般是黄金。

　　即将被鞑靼大军侵略的地方总是充满了愁苦，一群群绝望的乡下人听到了噩耗后被迫离开他们的家园，即使他们的小屋非常简陋，这件事也让他们像死了一样难受。战争发生时受苦最多的往往是无辜的百姓：贫穷而无助的农民们赶着车，和他们养的马、鹅、

[①] 英里，英美制长度单位，1英里=1609.34米。

羊一起艰难地长途跋涉。只有上帝施恩，他们才有望摆脱身后的厄运。这支队伍中有走路都颤颤巍巍的老人，有哺乳期的母亲，有病弱的女人，还有因为失去了毕生积蓄而心碎的男人。孩子们拖着疲惫的脚步跟在他们身边，怀中抱着自己的宠物或心爱的宝贝。

克拉科夫一边向这些逃难者敞开城门，一边准备御敌。但与此同时，大量的贵族和有钱人却从西边逃出了城，或转移到北方的修道院避难。离城很近的兹维日涅茨有座修道院，那里的修道士尽可能地用修道院空余的地方收留难民，并做着各种准备，以免不久后遭到围困。但对恐惧不安、筋疲力尽的难民们而言，没被鞑靼人追上这件事就足够让他们心满意足了。成功进城后，他们的目光立刻被矗立在克拉科夫城南方的建筑群吸引，那是瓦维尔城堡：立于维斯瓦河畔，悬于岩石峭壁之上，从传说中的克拉库斯国王时代开始就被作为皇室居处的城堡。

在考虑各种方案会带来的人员伤亡后，克拉科夫的将士们放弃了对城堡外所有区域的防守。因此在随后的几天里，克拉科夫的居民和来自各地的难民一股脑儿地往城里挤，并想办法让自己在那儿安顿下来。最后，位于城堡公路上正对着圣安德鲁教堂的那扇旧城门被关上了。士兵们用路障彻底封闭了城门，日夜驻扎在城墙上，随时准备为这座城堡和他们的家人献出生命。

鞑靼人在夜间袭击了克拉科夫，他们焚毁了外围的村庄，在圣弗洛里安教堂、圣约翰教堂和圣十字架教堂一带烧杀抢掠。那一晚根本没有什么宁静可言，每一秒你都能听见火焰熊熊燃烧的噼啪声，鞑靼人发现目标逃跑时的怒吼声，以及他们发现金银珠宝时得意的欢呼声。黎明时分，值班的哨兵按时登上瓦维尔的城墙，向下面的城镇眺望。他所看到的尽是废墟，没有被点燃的只剩下三座教堂：大市场旁的圣母玛利亚教堂，紧挨城堡且建有坚固塔楼的圣安德鲁教堂，还有建在市场里的圣阿达尔伯特教堂。住在"黑村"的犹太人以及没有冲进防御工事的人都死了。在无尽的死亡和毁灭当中，只剩下一个男人——准确地说是一个小伙子——活了下来。

这个小伙子是圣母玛利亚教堂的号手，工作是每隔一小时在教堂正面的小阳台上吹响小号。那天他依旧履行了他的使命：他伴着第一缕阳光登上小阳台，奏响了《海纳圣歌》。教堂里的每一个号手都曾经发过誓，要昼夜不停地吹奏这首对圣母的赞美诗。那天早晨，当太阳照在身上时，年轻号手的心头忽然荡漾起一种难以言述的喜悦。与那恐怖的一夜相比，清晨是多么美好！昨天晚上他不仅见识到了自然界的黑暗，还见识到了人性的黑暗。

在号手的脚下，有不少野蛮的小个子士兵正站在大路上，用好奇的目光打量着他。周围房屋全都着了火，冒着黑烟，这个小伙子明明知道最后会是这样的景象，却没有选择在前一天逃进城堡。为了履行他的誓言，他决定独自面对可怕的鞑靼军队。现在他即使后悔，也已经没有退路了。

号手年纪不大，看上去刚满二十岁。他身穿一套深色布衣，设计在膝部的皮带扣让他的裤子看起来像后世的灯笼裤。裤子再往下是一双深色的厚长筒袜——一直延伸到他柔软的尖头皮鞋的上方。他还穿了一件刚过腰部的短外套，并用皮带将它在腰上系紧。他戴的皮帽子有点像修道士戴的大兜帽，把他的头裹得严严实实，帽檐垂到他的肩膀上，只露出他的脸和一些碎发。

"我的母亲和妹妹估计已经脱离危险了。"他想，"上帝保佑！他们十天前出发，现在肯定已经平安抵达摩拉维亚，见到了我的表亲们。"

想到这里，他再次抬眼望去，惊觉生活是如此美好：太阳升至维斯瓦河上方，阳光照映到瓦维尔大教堂的窗户上，牧师们开始在教堂内做弥撒。全副武装的卫兵守卫在城堡的门楼上，盔甲闪现着圣洁的光。一面画着精致的白鹰图案的旗帜悬于大门上方，猎猎作响。

"波兰还活着。"他想道。

然后他意识到，尽管他很年轻，但他是波兰人的一员。为了基督教世界，所有波兰人都在光荣地与野蛮的入侵者作战。此前他很少目睹死亡，只是模糊地听过，现在他自己却马上就要死去了：因为他曾许下誓言，因为他深爱着教会，深爱着波兰。

"我会守信的，"他若有所思地说，"如果我今天会死，就是为了履行誓言而死。我的誓言与我的生命等价。"

画家若是能画下他当时的表情，你就会看到一种极为平和的心境。这种表情表明他心中没有片刻的软弱，没有片刻的动摇，没有片刻的痛苦——他所想的甚至只是履行职责本身。

沙漏里的沙子差不多流到了标记处，到整点了，该吹号了。

"现在，为了波兰和圣母玛利亚，我要吹奏《海纳圣歌》。"他说着，把小号举到嘴边。

起初，号声和他的心情一样，就像轻柔的风。但很快他就感觉到了一种胜利感，激动得几乎发狂。幻象在他的眼前出现：尽管他的死十分孤独，只能获得一点被人所瞧不起的荣誉。但他所表现出的品质将成为波兰人民的精神遗产，永远成为他们意志、勇气和力量的一部分——这一切都始于此刻。

教堂外的一个鞑靼人弯腰拿起他的弓箭，将弦拉满。一声弦响，黑色的箭像一只疾飞的鸟一样扑向目标——年轻的吹号手。当年轻的号手快要演奏完那支歌的时候，箭刺穿了他的胸膛——他颤抖了两下，圣歌随之停止。但年轻人没有放开他的号角，他倒在后面的墙上，用尽全身力气吹出了最后一个辉煌的音符。那个音符刚被吹出时极为响亮，但它马上开始颤抖，最后骤然休止——就像演奏出它的那条年轻生命一样。就在这时，木制的教堂被鞑靼人用火炬点燃了。浓烟滚滚，烈焰带着年轻号手的灵魂升往天堂。

第一章
不愿卖南瓜的人

1461 年 7 月下旬的一个早晨，红彤彤的太阳悬在空中，让这一天变成了仲夏最热的一天。阳光洒在克拉科夫老城与通向它的一条条道路上，在其中的一条路上，一支马车队正颠簸向前。这支队伍中的马车是农民常用来运送货物的那种：由单匹马用一根粗糙的杆子牵引着；轮子由结实的木板钉合而成，轮子边缘为了提高坚硬度而用火烘烤了一遍；底板是很多块粗糙的木板拼成的，两侧和车尾则是用柳条和芦苇编的，整辆马车看起来就像个带轮子的大篮子。车轮下的道路坑坑洼洼，有很多碎石，有时他们行进的路线要穿过田野甚至小溪，马车就像被海风吹拂的小船一样起伏不停。

赶车人一般走在马车旁边，不时地用长鞭子打一下马背，催促马快点儿走，妇女和孩子则耐心地坐在车上。

马车上装着不同种类的商品，比如蔬菜、鲜花、鸭子、母鸡、鹅、猪、黄油和牛奶。有的车夫车上摞满了兽皮；有的车夫运了一车专供城市花园使用的黑土；还有的车夫脖子上戴着项链，赶着一车家禽——哦，原来是一圈又一圈用绳子串起来的干蘑菇。在这幅热闹忙碌的赶车图景的背后，你又会看到喀尔巴阡山脉的山麓。清晨的阳光下，群山的轮廓朦朦胧胧，呈金黄色，维斯瓦河像是套在瓦维尔山上的银手镯，闪闪发光。你能够闻到潮湿的草地上新鲜的泥土和正在生长的动植物的气味。仲夏的清晨，这些气味总是无处不在。

他们是来克拉科夫赶集的，在克拉科夫—塔尔诺夫—利沃夫—基辅这条大路延伸出来的公路上，类似的车队有很多。这支车队走了一整夜，有些住在偏远地区的农民赶集甚至要走两天两夜。集市上有从大城市来的穿着时髦衣服的男人和女人；有赤着脚，披着长衣，戴着圆帽的农夫；有穿着粗布衣服，但戴了颜色鲜艳的头巾和披肩的农妇；有十二个来自犹太村庄的男人，他们穿着黑衣服，戴着黑帽子，耳朵前面露出犹太人那标志性的卷发。

你在这儿还能见到一些当地乡绅贵族的随从，这些男孩所穿的皮衣看上去就比农夫的脏衣服高贵得多。队伍里抱着孩子的妇女随处可见，很多老人也扶着马车吃力地行走，重复三四十年前他们赶集时所做过的那些事。

不过集市也并不是一片和谐。商队里的男人都带着武器，不是腰间挂着短刀，就是手里拿着短棍，或是在车底藏了大斧头。小偷最喜欢在集市开市的时候出没，据说有些破产的乡绅为了重新获得财富，也会盯上这样的商队。但现在大家都没那么紧张，因为小偷一般会在商队返程的时候下手。那时候每个农民都在集上赚到了钱，手里多少有些金银财物。

奇怪的是，在满载着货物的马车中间，有一辆马车几乎是空的。它由两匹马拉着，而不是一匹，它的车轴比其他马车的结实，车上的人穿得也比农民好，看起来平常不与土地打交道。赶车的男人大概45岁，车上还有一个女人和一个男孩。女人比男人小十岁左右，应当是他的妻子。而那男孩则坐在马车敞开的尾部，垂着两条腿。

"快看，亲爱的，"男人说着，用长鞭子抽了抽马背——女人就在他身旁，坐在马车前部的一个简易的座位上——"你现在能看到的那座高塔是克拉科夫瓦维尔山上的一座瞭望塔。如果我们能变成鹳鸟，那么我们八点之前就能飞到塔尖上了。看，那边还有圣母玛利亚教堂的两座塔楼。在这车上摇摇晃晃三个星期之后能看到这些，我实在是太开心了。"

女人拉下灰色的兜帽，用渴望的目光望向前方。"那就是克拉科夫，"她说，"我母亲的故乡。她经常与我讲述它的荣耀，我却从未料到我会有机会看到它。上帝知道我希望自己能以更好的方式来到这里，我不愿意承受如此多的痛苦，但上帝给予什么，人类就要承受什么。我们最终还是来到了这里。"

"是的。"男人说。

接下来他们默默地走了很长一段时间，男人回忆着他早年在克拉科夫的经历，女人怀念着她再也回不去的乌克兰的家，而男孩则放飞自己的想象力，在脑海中肆意勾勒着他所认为的伟大城市该有的风景。

突然，后面的马车那里出现了一阵骚动，将他们的思绪打断了。那些车夫都把马勒住，把它们带到路的左边，使路的中间出现一条狭窄的能让人经过的通道。男人转过身，想看看是谁非要穿过长长的车队，还要让车队给他让路。不一会儿，他就看见了一个骑着一匹小马的人。

"闪开,闪开,"那个骑马人喊道,"你们这些农民还想霸占整条路?……老实待在农场里吧,待在你们该待的地方!"一匹马在那个骑马人经过的时候突然从路边跳到了中间,于是那个骑马人恶狠狠地朝马主人吼道:"给我让点地方,你怎么会带这样一只到处乱蹦的牲口上公路!"

"我都快掉进沟里去了。"农夫好脾气地回答道。

那个骑马人瞥了一眼马车里的东西,发现里面只有卖给砖匠的新鲜稻草后,便冲到前面,撵上了那辆三口之家所坐的马车。

骑马人向前冲的时候,马车上的男孩一直好奇地注视着他。这个男孩名为约瑟夫·恰尔涅茨基,今年十五岁,长得不丑,但也不漂亮。他的头发和眼睛是黑色的,长了一张惹人喜爱的圆脸。他穿的下装虽然在旅途中弄脏了,但却相当讲究,既不是侍从穿的那种皮衣服,也不是农民穿的那种粗麻布衣服,而是质量很好的土布衣服。他还穿着一件同样料子的系扣厚大衣,大衣垂到他的膝盖处。他脚踩一双棕色的皮靴,靴筒柔软而宽松,高得几乎要碰到外套的底边。他头上还戴着一顶像头巾一样的圆帽子。

"小子,小子!"骑马人一发现男孩便声音嘶哑地喊道,"叫你家老头别急着赶车!你下来,牵住我的马。"

男孩照他所说的做了,他跳下车,抓住了连着马嚼子的缰绳。但这并不证明他把这个陌生人当成朋友:那个时候人们刚刚从恐怖中走出来,人与人交往时仍带着戒心。那时街头到处是强盗,朋友常因为嫉妒而使出卑鄙的手段相互迫害,出身高贵的人经常欺骗贫农,贫农中也不乏因贪图金银而犯罪的人。

出于这份警惕,约瑟夫抓住缰绳时,已经从陌生的骑马人的言行举止中判断出这是一个需要自己小心的人。骑马人穿着一套仆人的厚布衣服,短夹克下却隐约露出里面的轻质铠甲。他穿的马裤不是灯笼裤,而是一条连接着上衣的皮裤。他戴的帽子也是圆的,但上面挂着一颗宝石——也有可能是玻璃——只要他略微一动,那"宝石"就在他的脖子后面来回摇晃。

穿衣打扮的说服力可能还不够,那么来看看骑马人那张暴露了本性的脸吧。那是一张黝黑的、椭圆形的、充满邪气的脸:眼睛狭长,眼珠碧绿,眉毛连在一起,看上去像一只猴子。他的一边脸颊上有一块纽扣形状的疤痕,这是流行于伏尔加河以东乃至第聂伯河一带的疫病留下的痕迹,有这种疤的一般是鞑靼人或哥萨克人。他的耳朵长得靠下,而且难看。他的嘴看起来就像万圣节前夕男孩们在南瓜上挖的裂口,两撇小胡子,连着络腮胡。他的腰际别有一把弯刀,怀里隐约露出一把东方匕首。

约瑟夫刚抓住缰绳,那个人就从马上跳了下来,然后从前面跃上了他们家的马车。约瑟夫的父亲迅速从车座下摸出一把短剑。

"别过来,"约瑟夫的父亲喊道,与此同时,那个人正走近他并伸出胳膊,似乎想要抓住他的手,"我不知道你是谁,但我向上帝发誓,我会弄明白你在打什么算盘,查出你的底细的。"

那个人停了下来,看着约瑟夫父亲手中那把未出鞘的剑笑了笑,然后脸上忽然多了几分敬意。他摘下帽子,鞠了一躬:"我猜你就是安德鲁·恰尔涅茨基。"

"你有些失礼,"车夫回答,"第一次见面你应该尊称我一句'先生'。"

陌生人又鞠了一躬："我只是想以平等的态度与您说话。我是来自海乌姆的斯蒂芬·奥斯特洛夫斯基，最近在基辅执行公务。大家都知道，有一个莫斯科人与立陶宛的好几个省都有重要的业务往来，而我将要打听一些事，但我不能说是谁派我来的。"他忽然停顿了一下，故意给人一种神秘的感觉："在我回家的路上，我得知有一群鞑靼人从克里米亚向北进军，到处抢掠。他们烧毁了很多房屋，摧毁了不少田地，安德鲁·恰尔涅茨基的房子和田产也没能逃过此劫——不好意思，是安德鲁·恰尔涅茨基先生。我听说他带着妻子和儿子前往克拉科夫投奔朋友，我发现自己与这家人顺路，于是便追问了路人有关安德鲁先生一家的情况。然后，今天早上，我看见了一辆乌克兰马车，它由两匹马拉着，载着一个男人、一个女人和一个男孩，这三个人的样貌也与别人向我描述的一致，这家人应该就是你们。我只是想要向您致以问候。"

恰尔涅茨基先生端详着这个陌生人的脸、衣服和身形："你的话只说了一半。"

"对，"陌生人回答，"但剩下的是你和我之间的私事，等我们到达前面的克拉科夫城后，我再和您在房间里说那些话吧。"他意味深长地说着，用手在空中画了个圆形。

恰尔涅茨基眯着眼睛看着眼前的人，表情沉着，内心却波涛汹涌。他知道这个人嘴里没有一句真话，海乌姆有奥斯特洛夫斯基家族的成员，但绝对不会长成他这个样子。而且这个陌生人最后一句话的语气中还带有一种威胁的意味。恰尔涅茨基带着他的家人已经赶了十四天的路了，他推测这个人一路上都在跟着他们。当然，这个人接到的任务也有可能是拦下他们，不让他们进城。

"你听到的东西和我无关，"他不愿与面前的人浪费口舌，"我已经被车队落下了，可以请你回去做自己的事吗？我没有什么想对你说的话，也对你没有兴趣。"

恰尔涅茨基所言非虚，由于这起突发事件的耽搁，前面的马车已经走出去很远了，后面的马车则全被堵在原地，马车夫气得直嚷嚷。

"我与你恰好相反，"陌生人回答说，"我对你身上的东西非常感兴趣，所以我要一直跟着你进城，直到我们找到一个足够私密的地方——来，孩子，"他对约瑟夫喊道，"把我的马牵到马车后面来，剩下的路我骑马跟着你们。"

恰尔涅茨基先生的脸因恼怒而泛起红色："喂，你也太放肆了，快说你要干什么，然后马上离开这儿。"

那个人环视了一圈马车，发现车夫座位前面的马车底板上有一个特别大的黄色南瓜。"哈哈，南瓜，在这个时候我居然还能看见南瓜。难道草原上的人冬天还种南瓜吗？这南瓜你打算卖多少钱？"

"这南瓜是非卖品。"恰尔涅茨基回答说。

"不卖？"

"对，我说不卖。"

"如果我用同等重量的金子来买呢？"

"不卖。"

"这你都不卖？"

"是的。"

陌生人忽然抽出他的剑："既然你执意如此，那就过过招吧！"他朝恰尔涅茨基走去。

恰尔涅茨基不再犹豫，他翻身越过座位，躲过陌生人的攻击，并用手死死地钳住了对方的右手腕。剑当啷一声落地，然而恰尔涅茨基并没有就此作罢，他左手向下抓住陌生人的小腿，两只手一起使劲儿，将陌生人举起来，扔出了马车。这个人落进泥坑，气得对着恰尔涅茨基破口大骂，唾沫星子飞得到处都是。与此同时，约瑟夫机灵地牵着马转了个方向，然后给马的右侧腹狠狠地来了一下。那匹马立刻受惊地直立起来，然后飞快地跑远了——正和商队走的方向相反。紧接着，男孩跳上马车，朝他的父亲大喊。他的父亲立刻会意，爬回座位一甩马鞭，两匹马儿不一会儿就拉着车跑远了。陌生人怔在路中间，一会儿朝右看看，一会儿向左看看，不知道应该去追他的马还是去追他的敌人。远去的恰尔涅茨基则捡起陌生人掉落在车上的剑，丢下了车。

过了一段时间，约瑟夫一家到达了卡兹米日城——卡济米尔国王百余年前建立的犹太城市。穿过这座城，他们来到了横跨维斯瓦河的一座桥附近，通过这座桥，他们就能进入克拉科夫。然而，他们发现这座桥正在维修，不得不选择了另一座桥。终于他们通过桥，来到了防守严密的米克雷斯卡门，接受守门人的检查。

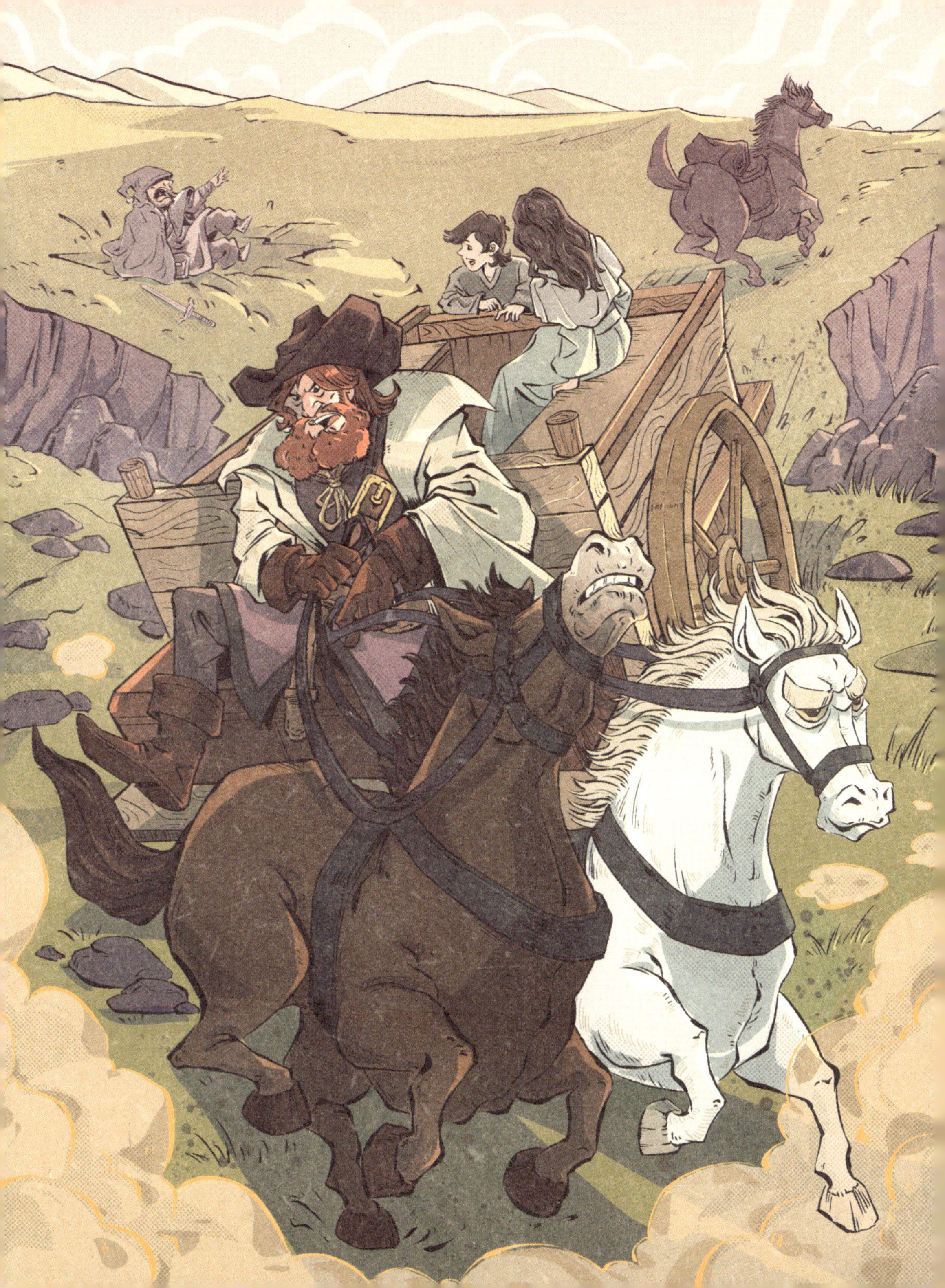

第二章
克拉科夫

"恰尔涅茨基,基督徒。这是我的妻儿。"安德鲁先生对一个身穿轻甲、手持长剑的守卫说。

守卫迅速地看了他们一眼,示意他们过去。另一个穿黑衣的守卫朝车里看了看,什么也没有发现,便推断他们是一家进城买东西的农民,只收了他们几枚铁币作为税。交完这笔钱之后,他们便走进城门,向城市中心的古老布楼走去。

克拉科夫满城都是金色的阳光。约瑟夫第一次看到一座这样大的城市,周围的环境让他目瞪口呆。

他们家马车的前后都是满载着农场产品的车,不时有骑士穿过这长长的队列。这些骑士穿着像贵金属一样闪闪发光的钢胸甲,马鞍上挂着长剑。其中一个穿过队列的人穿着华丽的服装,约瑟夫觉得他是一个贵族,而且很可能是热爱和平的国王卡济米尔·亚盖洛——卡济米尔四世本人。他大声喊道:"那肯定是国王吧,父亲,看他那闪亮的盔甲和马鞍上的珠宝。这把剑肯定是金的,因为它像火一样闪闪发光。看——"他急切地指了指那个人,"那鞍褥上的图案有银色的波兰鹰,还有立陶宛的白衣骑士。难道他不是真正的国王吗?"

"不是,儿子,他不是。他只是一个在皇家城堡里侍候贵族的侍卫。"

一切建筑都耸立在明亮的阳光下,宫殿、塔楼、教堂、城墙和哥特式建筑通常样式简约,没有丰富的雕塑,我们今天所见到的建筑上的装饰来源于几年后意大利文艺复兴浪潮的影响。在远方,瓦维尔山上的大教堂与蓝绿色的天空相互映衬,罗马式的塔楼高高耸立。近在咫尺的是圣母玛利亚教堂的两座塔楼,它们和今天的模样不同,还没有建筑大师和著名雕塑家威特·施特沃兹改造出的钟楼和尖顶。这两座塔楼矗立在墓地之上,周围尽是白色的墓碑。

坐落于市场正中央,周围环绕着一些较小的木房的那栋建筑就是大布楼,商人们在这里出售和交换布匹。此时的布楼已经是人山人海,商人们奔波一个甚至几个晚上早早到达这里,就是为了赶紧赚到顾客的钱。许多鞑靼人在布楼外的广场上扎营,他们从遥远的东方来,出售从莫斯科人、保加利亚人、希腊人或草原上的其他旅行者那里掠夺来的上等刀剑、布料和珠宝。每当朝阳升上瓦维尔山,他们都会面朝东方,向伟大的安拉进行晨祷。鞑靼人的祷告声、圣母玛利亚教堂大钟的撞击声与亚美尼亚商人的叫卖声交织在一起。这些商人是从特拉比松和黑海对岸来的,在市场上售卖地毯、香料和优质皮毡。

在这个伟大的东西方文化交融的国际都市,所有神明都有自己的信徒,单单上帝就被人们用许多名字、许多语言和方言崇拜着。这里有佛莱芒人、罗塞尼亚人、日耳曼人、哥萨克人、土耳其人、斯洛伐克人和捷克人,他们各自带着自己地区的特产。哦,还有匈牙利人,他们的商品是产自特兰西瓦尼亚平原的葡萄酒。

至于货币,你会在这里找到德国的格罗申、波兰的兹罗提、荷兰盾、银子、珠宝,以及大量的用于交换的实物。也就是说,某些种类的商品,如琥珀、带包装的枣,甚至装在容器里的蔬菜,它们都在汉萨同盟的贸易路线上具有公认的价值。有时联盟的商人代表也会出现在市场上,他们穿着毛皮领的长袍,做生意时能够使用人类所知的每一种语言。

正当约瑟夫陶醉在四面八方的奇景中时，上空飘下来的悦耳号声吸引了他的注意。他向上看，发现圣母玛利亚教堂的一座塔楼的窗户里伸出了一支金色的小号。教堂的肃穆感一下子震撼了约瑟夫，那种宁静的力量让他错不开眼，他听到的喇叭声更是让他的心中升起一种奇妙的感觉。

两座塔楼就高耸在街道旁边，约瑟夫注意看时才发现，离他较近的那座塔楼比另一座塔楼矮。号手是在那座较高的塔楼上吹奏号角的。

他所吹奏的曲子是一首晨祷歌，名字是《海纳圣歌》，是在基督教诞生的早期由南方传教士带到波兰的。尽管它只是简单的小调，但约瑟夫觉得它非常甜美动人。可是在某个地方，乐曲忽然戛然而止，只留下一个缓缓飘落的未完成的音符。这听起来就像号角被人猛地从号手嘴里抢下了似的。

男孩讶异地问父亲："他不打算吹完整首歌吗？"

父亲笑了："我的儿子，这说来话长，我以后把它背后的故事讲给你听。"

号角声又响起来了，不过是来自另一个窗口，紧接着远处也响起了号角声——最后北面的窗口也响起了号角声，号手朝着弗洛里安大门吹奏了四次《海纳圣歌》，每次都是以一个破音戛然而止。

"吹得不怎么样。"恰尔涅茨基先生说。

虽然恰尔涅茨基先生是一位乡绅，但他在许多方面都有所研究，音乐就是其中之一。曾就读于克拉科夫大学的他毕业后遵从家族的传统，继承了父亲的庄园。但管理庄园的同时他也没放弃音乐，在大学期间进行系统学习后，演奏铜管乐器成了他的强项。不管是直号、弯号还是带键小号，他都吹得很好。因此，他刚才的评价是非常中肯的。

马车与布楼的距离越来越近，一些奇怪的场景让约瑟夫忘记了有关《海纳圣歌》的话题：一群身穿鲜艳长袍的商人站在附近，他们的长袍是用细布做的，内衬毛皮或丝绸的长外套显露出他们的富有。一开始约瑟夫看见一个人穿的紧身裤两条裤腿颜色不一样，感觉可笑至极，但是他很快就意识到这些商人的裤子都是一个样式。这让他停止发笑，开始自我怀疑起来。裤子并不是让他惊奇的唯一一样事物，这些商人的帽饰和鞋同样引人注目。他们的头巾是统一的，但是系法不一样，有的呈尖顶状，有的卷曲着堆在一起。他们头上还戴了奇形怪状的装饰品——有一个人甚至在他的高帽子上放了一只公鸡的仿制品。他们脚上的皮鞋也很奇怪，基本都是由柔软的皮革制成，且带有长长的、扭曲的尖头。一名男子在脚趾处插上小棍子支撑着鞋头，这让他的鞋看起来至少有两只脚那么长。

布楼周围的摊位上有各种各样的商品，小贩的叫卖声就是活广告。这里有一个谷物柜台，不同的谷物装在敞开的袋子里，远远看上去色彩斑斓。一个女人身穿系扣蓝长袍，头戴同色的布做的帽子，正在向一个旅行至此的音乐家出售少量粮食。这个音乐家穿的则是一件黄色衣服，这件衣服带有帽子，很像一件斗篷，中间系着一根亮黄的腰带，下摆一直盖过膝盖。可是再往下看，他却光着腿，赤着脚。一支风笛被他夹在胳膊下，风笛上有三根突出的管子，两根用来发音，一根用来吹。他的另一只手拿着袋子，盛着女人给他装的玉米粒。

恰尔涅茨基家的马车又经过了很多店铺。手套店里买卖东西的妇女清一色穿着鲜艳的长袍；裁缝铺里穿着皮围裙、趴在长椅上的针匠正在工作；刀剑摊位上熔炉烧得通红，所挂的商品整齐排列，闪闪发光；木桶铺那里，桶匠忙着把木板箍成桶；钉马掌的地方铁匠们身穿黑色长围裙，努力将马拴牢。这里到处都能见到理发店的红色招牌，提供放血治疗的店铺，巨大的盛放药品的绿色和蓝色烧瓶。心诚的天主教徒会在自家店铺墙上挂上请来的圣母像，每个商人的店门处又都有一些与众不同的图案，方便与周边的商店有所区分。例如，有一个制帽商的招牌是"白象之下"，有一个鞋匠为了让自己和顾客开心，在门前放了伟大的卡济米尔大帝的石像。总之，在那个时代，公共建筑是没有编号的，建筑有必要用立在门外或门上方的标志加以区分。

街上充斥着小贩们的叫卖声，卖花女、磨刀工、面包师和屠夫学徒，他们都将自己的商品或职业喊出来、唱出来。他们还会齐声喊道："你缺少什么，我们就有什么？"

东部或南部的商人会把猴子带到这里，约瑟夫看到有些猴子在摊位周围玩耍，有些猴子在商人或官员夫人的怀里，身上用丝带装饰着。

有那么一两次，镣铐的叮当声在叫卖声中响起。那些可怜的家伙被戴上镣铐，押到教堂，强迫着在宣判之前做最后的祈祷。祈祷后他们被送去关禁闭已经是最好的结果了，在那个年代，生活有时是朝不保夕的，人们只要犯一点小错就会被监禁、流放或砍头。这时，一支朝圣者的队伍路过，来自不同村庄的男男女女穿着他们最体面的衣服，正跟着教区牧师前往某个圣坛。背十字架的是个年轻人，他肩膀结实，眼睛明亮，浑身是劲。他如此富有力量，是因为他曾发誓要把上帝的象征从自己的家乡带到许多英里外的琴斯托霍瓦。这支队伍已经走了大约十天的路了，队伍中不乏男孩和女孩，这些孩子有的很严肃，有的则被中世纪克拉科夫的繁华吸引而东张西望。毫无疑问，后者需要在祈祷中请求上帝原谅他们对世俗事物的过分关注。

马车离开布楼附近，驶入格罗兹卡街——也就是城堡街——直奔瓦维尔街。快到瓦维尔街时安德鲁先生策马向右转，让马车穿过一道城门，驶上了一条长草的小路。在小路尽头的一座大宫殿前,他停下车,跳到了离大门不远的地方。在这里他遇到了一个全副武装的卫兵,卫兵以一种相当敌对的态度举起长矛,堵住了入口。

"你想干什么?"卫兵喝道。

"我找安德鲁·提辛斯基先生。"

卫兵大喊一声,五个身穿铠甲的男人就从宫殿旁的小屋冲了出来。

"包围!"卫兵喊着。

这些卫兵的所作所为让安德鲁先生大为惊诧。就在他手足无措时,卫兵又下令道:"一个人出列,去里面喊队长!和他报告说有乡下人来拜见安德鲁·提辛斯基先生。"

安德鲁试图挤出去,却被一名卫兵推回了包围圈中央。这让安德鲁感到生气,他拔高语调:"你们是谁,胆敢阻挡我的去路?我是安德鲁·恰尔涅茨基先生,提辛斯基的表兄,在乌克兰拥有地产。别把我当作敌人,让你们的长官出来见我。"

卫兵们惊愕地望着彼此:怎么回事?这个人居然不知道这件传遍波兰大部分地区的新闻?

很快,传话的卫兵把队长带来了,队长分开包围圈,站在恰尔涅茨基先生面前:"不知您来这里干什么?"他说话时的友善和礼貌让安德鲁怒火顿消。

"年轻人,你讲话很和善,我想你是这里的负责人吧?"

"没错。"

"这样的话,我再重复一次我对你的卫兵说过的话,我是乌克兰的安德鲁·恰尔涅茨基先生,今天抵达这里,是有重要的事情要找我的表弟安德鲁·提辛斯基先生。"

"你来迟了,"队长答道,"奇怪的是,你居然不知道这个传遍波兰的消息——安德鲁·提辛斯基先生去世了,他的亲属在很多天前也已经离开了克拉科夫。我不知道他们什么时候回来,我们在这里只是为了保护这里的财产安全,确保这儿不受敌对家族的破坏。"

安德鲁吓了一跳:"我的表弟去世了……他是怎么去世的?"

"克拉科夫很多年都没发生过这样的惨案了。在这里,贵族和生意人长期以来一直存在着激烈的冲突。灾祸是在提辛斯基先生对一位铁匠的不满中萌发的,提辛斯基先生委托那位铁匠制作兵器,但最后的成品却令他非常失望。于是他不仅责备了铁匠,还拒绝支付报酬。工匠行会认为提辛斯基先生的这种行为对铁匠极不公平,就联合追杀他。工匠们跟踪提辛斯基先生,最终在方济会教堂将他杀死……这真是一件令人痛心的事。事发后他的家人害怕暴徒报复,就逃离了克拉科夫。温柔的伊丽莎白王后——愿上帝保佑她——痛恨类似的流血冲突,就说服了国王,让国王出面调解了贵族和生意人之间的矛盾。同时,考虑到有人可能想抢夺这里的财产,杀死还在这里的仆人,国王把我们派到这里进行看守。请您谅解,我们必须按照国王的命令去做,这么做也只是为了减少流血事件的发生。"

听卫兵队长说完的那一刻,安德鲁先生觉得天好像塌了下来。

"让我给先生一些建议吧。"队长接着说道。

"愿闻其详。"安德鲁思绪万千。

"要是您与提辛斯基一家有亲属关系，就离开克拉科夫，越快越好；要是您一定要留在这里，就使用假姓名并隐瞒你们与提辛斯基一家的亲属关系，以免被一些杀手伤害……您是值得我尊敬的，但出于安全考虑，还是快点离开这里吧。"

"可我不得不留下来。一群强盗——我不知道具体是谁，他们可能是被人收买了——在乌克兰把我的整栋房子烧成了灰，还毁了我的农田。我只能到这里来投靠我的表亲，而且我还有另一件要紧的事需要和他们说，我所掌握的那些信息必须立即传到国王本人的耳朵里。"

"唉……"卫兵队长叹息了一声，"我帮不了你什么忙。国王现在不在克拉科夫，而是在托伦维护北方的和平，那里的事可能得耽搁他一个月，也有可能得耽搁他整整一年。如果我是你的话，我就会改名换姓，然后在这个镇上定居。我想杀人的恶徒以后会遭到报应的，乌鸦会围绕在绞死他们的绞刑架旁。"

说罢，卫兵队长便走开了，进入房子前他嘱咐手下回到门口的岗位上。

安德鲁先生却在原地僵了很久。他的脑袋痛得好像被人放在火上炙烤。能够支持他、保护他的人都不见了！国王也离开了克拉科夫！他在这里和在乌克兰没有什么区别，一样被人追杀，一样漂泊无依。他究竟做了什么，要被命运如此摧残？另外，他的积蓄每年都投资在乌克兰的房子和土地上了，身上没多少钱，就算情况没那么复杂，他在这样一座大城市独自寻找生路也很困难。可是他的妻子和儿子正急需一个安全的落脚之处。他完全想不出解决的办法，危险却无处不在！就在他背后，城门那儿，就有一个敌人找上了他们一家。进城之后，敌人估计只多不少。现在该怎么做？唉……愿仁慈的上帝赐下指引……一定会找到出路的。

他失魂落魄地回到家人那里，驾起马车又往市场前进。至少在那里，马能喝到水，人也能买到东西，他们能勉强度过一天。他在喷泉旁找到空地停下车，和儿子一起将马从车上解开，让它们去周边的草坪上吃草。紧接着，他们拿出木桶盛了一些水给马儿喝。

直到做完这些事，安德鲁才去找他的妻子，希望她能给他一些安慰和建议。在这种时候，她一向是他的港湾。他坐到她旁边的马车座位上，告诉她刚刚知道的那些事，包括国王的外出、亲戚的死亡。在新出现的困难面前，女人的心颤抖了一秒，然而看到丈夫脸上的疲惫后，她立马抛却了这种情绪，平静地回答说："我们会等的，因为上帝也在耐心等待。"

这句话让安德鲁又找回了内心的坚定。

另一边，作为小孩的约瑟夫，完全没被父母的情绪影响。从清晨看到城楼的那一刹那开始，他就兴奋得不得了，好几次都想跳下马车去探探究竟。这时马车停在喷泉边，他终于能自由地到处走走。他先来到了附近的一幢小楼，这幢小楼远看像市场，其实是一座有一个低矮圆顶和一些圆形侧窗的教堂。在那些喜欢历史的人眼中，这座教堂是波兰历史最为悠久的教堂之一，具有无穷的吸引力，但对男孩来说，这不过是一栋不值得他多看两眼的建筑物。他转而去打量门口的乞丐：一个独腿男孩，一个失明老人，一个驼背女人，以及其他可怜的乞讨者。约瑟夫默默地画了个十字为这些无助的生灵祈祷，接着沿着格罗兹卡街走向瓦维尔街。

他刚走到一条左边通向多米尼加教堂、右边通向万圣教堂的岔路口，就注意到一个牵着乌克兰大狼狗在路上走的鞑靼男孩。那个男孩不停地打狗，戴有结实的手工项圈的狼狗则频频回头看向那个对它施暴的人。小男孩的举动让约瑟夫很惊讶，他不明白小男孩为什么要养狗，又为什么要用短哥萨克鞭子抽打那只无辜的动物。小男孩的行为其实出自纯粹的恶意，约瑟夫难以弄清楚这两个问题，是因为他本性善良，从未有过类似的心理。但约瑟夫没有在这两个问题上纠结太久，因为短短的几分钟后，另一个问题出现了。这个问题出现得犹如闪电般突然，又要求在场的人通过实际行动来解决，约瑟夫恰恰是那个能够做出行动的人。

事情是这样的：鞑靼男孩带着狗穿过街道的时候，有两个人出现在远处，从另一个方向向这边走过来。这两个人其中的一个穿了一件类似于牧师穿的黑袍，但衣领前面的开口与牧师穿的黑袍有所不同。另一个人则是牵着黑衣人的手的女孩，他们完全吸引了约瑟夫的目光。

约瑟夫忘记了那条无辜的狼狗，他满眼都是那个和他年龄相仿的女孩，她长得像圣诞剧里的天使，又像三王节里的精灵。说实在的，她也可能是从教堂彩窗里走出来的画中人。约瑟夫的发色很深，女孩的发色很浅，皮肤白得像最好的亚麻布的颜色，眼睛像天空一样湛蓝；她穿着一件红色斗篷，布料从肩膀垂到脚踝，在腰上系了腰带。这件红斗篷上有蓝色的刺绣，在脖子和手腕处有蕾丝花边；红斗篷在胸前没有完全系实，露出了她穿在下面的蓝色罩裙，罩裙的褶皱在外套下面也隐约露出来一些。她抬起头的时候，来自

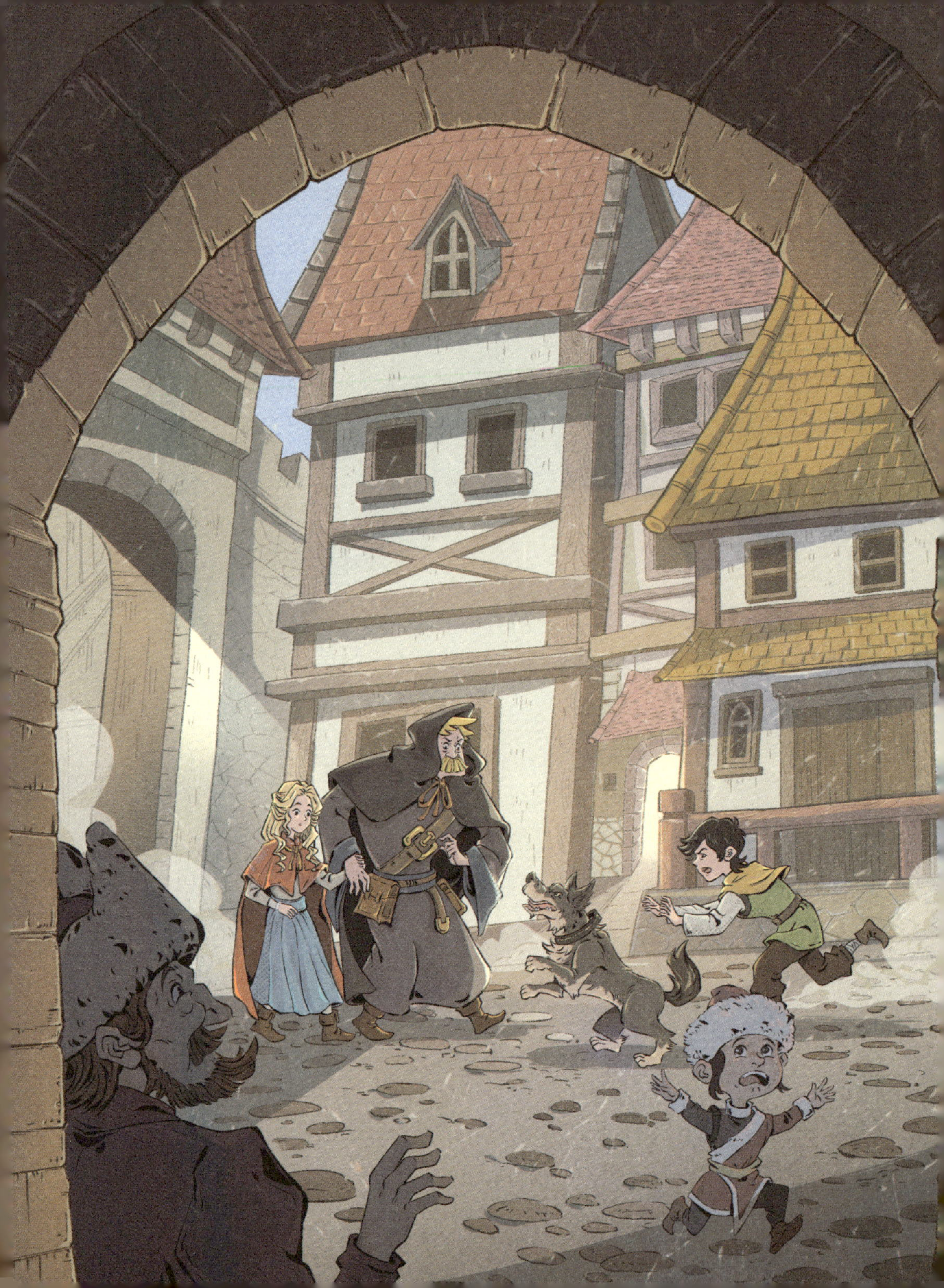

乡下的约瑟夫被她的美貌震撼了，紧接着，她走路时的优雅身姿又让约瑟夫受到了第二次震撼：她怎么走得那么飘逸，像是走在云端一样。

约瑟夫低头看了看自己的手：沾有泥土，长满茧子。他又看了看自己的衣服：带有破洞，满是灰尘。

但就在下一秒，毫无预兆的危机出现了。在岔路口，带狼狗的鞑靼男孩与这两个人越走越近，就在他们擦肩而过时，那只乌克兰大狼狗发了狂，转身向折磨它的鞑靼男孩猛扑过去。鞑靼男孩吓了一跳，扔下皮鞭一溜烟跑走了。可黑衣人和女孩还在他们原来的位置——大狼狗扑去的方向。这只狗气得昏头昏脑，再次一跃而起，向小女孩扑去。幸运的是，约瑟夫的反应很快，他及时冲过去抓住了大狼狗脖子上的项圈，没让它咬到女孩。

在乌克兰，约瑟夫经常和狗打交道，他知道健康的没人招惹的狗是没有攻击性的。在约瑟夫看来，如果那只狗不把他错认为打它的鞑靼男孩，应该不会咬他。

扑上去的那一刹那，约瑟夫用手指死死扣住狗脖子上的项圈，握住拴在项圈上面的皮带，被狗带着向前疾驰。为了确保自己的重量能压在狗身上，他奋力一跃，成功压住了那只狗，女孩则大叫一声，向后退去。

约瑟夫和这只愤怒的狗在坚硬的路面上疯狂地滚来滚去。因为约瑟夫起手就抓住了狗的项圈，所以在翻滚时他能轻松避开狗爪子和牙齿的攻击，在战斗中占据上风。约瑟夫找准时机，飞快地松开项圈，爬起身来，而狼狗则带着一身灰尘向方济会教堂那边飞奔而去。

· 第三章 ·
炼金术士

一只手友善地拍了拍约瑟夫的肩膀,接着一个吻轻轻地落在他的脸颊上。

他匆匆地看了看自己身上的衣服——他的衣服比以往任何时候都更加破旧——然后他抬起头来,发现拍他肩膀的是那个黑衣人,而吻了他脸颊的正是与黑衣人同行的小女孩——她的脸蛋红扑扑的,眼睛亮晶晶的,嘴唇仍然贴着他的脸颊。刚才与狼狗的搏斗让他有些恍惚,但现在他因为这温柔的亲吻而重获幸福。

他向后退开,用手拍了拍身上的尘土,然后望着男人和女孩。

他的两颊因与两人对视而变得红润,他看出男人心怀感激,眼中含泪,女孩的眼神中透露出钦佩。

"你反应真快,如果我也能有你那样的身手就好了,你好勇敢。"女孩赞叹道。

约瑟夫害羞得说不出话来。十五岁的男孩即使再开朗,也会因为如此慷慨的赞美而害羞局促。

黑衣人没等到约瑟夫回答。"无与伦比！"他说，"无与伦比！我从未见过有人能那样迅速地跳起来。"他一边说一边眨着眼睛，拍手赞叹道。

"小菜一碟，在乌克兰的时候我经常和狗打架。"约瑟夫结结巴巴地说，他感觉自己这么说听起来像在吹牛，就继续说道，"在我们那儿，许多和我同龄的男孩都能做到。"

"你来自乌克兰？"黑衣人饶有兴趣地看着他，"你怎么会来到这么远的地方？"

"不知道是鞑靼人还是哥萨克人烧了我的家，我们乘着马车两个多星期才来到这儿。我父亲在这个城市里有亲戚，但是今天我们到了这里，却发现亲戚家的一家之主死了，其他人也走了。我们现在无家可归。"

"你家人在哪儿？"

"在集市那里。"

"哦。"黑衣人自言自语道，"无家可归……正在集市那里……那你们接下来要怎么做？"

男孩轻轻摇头："我想我父亲会找到一个落脚的地方……"他说到最后有些犹豫，因为他受到的教育告诉他永远不要在陌生人面前诉说烦恼。虽然那个女孩以极其友善温柔的目光看着他，但他还是觉得继续倾诉下去很不妥当。

"有意思。"黑衣人想道，"这个男孩长着一张聪明的脸，说话时也表现出良好的家庭教养。他刚才的所作所为非常高尚。我相信刚才他那么做，是有被狼狗咬断喉咙的风险的。"

黑衣人低头冲男孩说："你帮了我们一个大忙，让我的侄女免受伤害。你愿不愿意去我们家做客，给我们讲讲你的故事，也许我们可以帮助你……"

男孩的脸变红了："不，我不要报酬。我所做的不过是……"

女孩打断了他说："你误会我叔叔了，他是想说，我们的家有些寒酸，但我们想请你去那里小坐一会儿，等你休息好了再去找你的家人。"

"十分抱歉。"男孩马上对自己刚才的话表示歉意。

黑衣人在一旁哈哈大笑。男孩和女孩的言谈举止对他们这个年纪来说过于严肃了。虽然在那个时代，他们可能一夜之间就会变成大小伙子和大姑娘，对某些地区的女孩来说14岁或15岁已经到了要嫁人的年纪，而同龄的男孩则可能会见识到战争、血斗和生活中的各种残酷现实。

"我愿与你们同行。"约瑟夫接着说道。按照家里教导的礼节，他低头吻了黑衣人的袖口。

他们转身向左拐，经过方济会教堂后向右拐，进入一条小巷。走到小巷尽头然后向左转，就来到了克拉科夫城内最繁华的街道。

这条街叫鸽子街，因为住着大量的学者、占星家、魔术师、学生、医生、教会兄弟和七艺大师而闻名于世。街道靠近城墙一端的房屋极为破旧，犹太人躲避迫害时曾经在这里居住，后来他们渡过河，回到自己的城市卡兹米日后，就把这些房子留了下来。这些房子年久失修，多数为木建筑，只有面对街道的一侧建造时可能用了砖。这些建筑的墙面刷的是粗糙的水泥，楼房的上面的墙都摇摇晃晃的。这些建筑的房顶没有瓦片，只在需要遮风挡雨的地方钉了松木板。如果要抵达三楼和四楼的住所必须经过建筑外面的楼梯，而这些楼梯一踩上去就吱吱呀呀响个不停。在这样的环境中住着一个又一个贫穷的家庭。

在白天，小偷和杀人犯也会躲在这个区域，无法无天的人成群结队地在地窖、阁楼或其他角落出没。1407年，一场大火在街上蔓延开来，连圣安巷都受到了波及，火灾期间这些脏乱的地方多数化为了灰烬，但个别建筑还是被抢救了下来。

鸽子街另一端的尽头通往克拉科夫大学，那儿的建筑非常体面，因为大学的学生和老师都住在那里。亚盖洛大街与鸽子街的交汇处有一个很大的学生宿舍，里面住着不少学生。不住宿舍的学生则成群合居或独自寄宿在普通家庭里——学生必须住校是15世纪90年代后期才开始有的规定。

克拉科夫大学各个学院的声望和教师的名声不仅吸引了学生，还吸引了一群靠自己的聪明才智生活的人——算命先生、占星家、魔术师、手相家、江湖郎中、通灵术士，以及一些永远把法律权威当作儿戏的骗子。在鸽子街，不管楼上楼下，总有这样的人在进行交易，如自封为占星家的人为迷信的人从星象中读出命运，如果单纯的农村女孩来咨询恋爱问题，他们就说一些桃花运将近而让她们心花怒放的话；如果顾客是商人，他们就预言灾难并制造恐惧，让商人们心甘情愿地付出大量金钱。他们不仅行骗，还抢夺别人的钱财，甚至因为受到挑衅而杀人。这些人所带来的恶劣影响在之后许多年里都一直影响着这条街。多年后，在教书育人方面，克拉科夫大学所起到的作用一直不容忽视。当约瑟夫成为一名白发苍苍的老者时，一个叫作尼古拉·哥白尼的人——也就是人们熟知的天文学家哥白尼——给了这些"黑魔法"重重一击。当时望远镜尚未发明，哥白尼只用简陋的工具便向世界证明了天体的运行规律，他告诉人们，天象只服从于宇宙造物主的意志，与个人的命运无关。

约瑟夫、女孩与黑衣人沿着街道向前走，周围到处都是和黑衣人穿着类似长袍的人。但是他们的长袍都不一样，有些是神职人员穿的黑袍，前襟和领口紧闭；有些前襟敞开，袖口宽大，非常飘逸；除此之外还有蓝色、红色、绿色的袍子。约瑟夫还看到一件貂皮长袍，那件袍子上系着一串沉重的金链子，链子的末端挂有一个很大的紫水晶十字架。

经过一所一半用木头建造，一半用石头建造的房子时，他们在门前看见了一群穿着黑袍的年轻人，这些人衣着相对朴素，正在进行激烈的争论。他们中有的人认为天空中的星星百年间一直向西移动，而有的人认为星星的移动方向从古至今一直不变（这个观点有西班牙古老的《阿方索星表》作为支撑）。

从这群人旁边经过之后，他们走到了一栋石质建筑门前。那扇门两侧有突出的墙壁，这一设计让人们从屋内走出来时需要格外注意两侧的墙壁，也间接地提醒他要仔细观察周围的环境。如果是在夜里出门，这种谨慎是有必要的。约瑟夫还观察到，这栋楼上面的窗户不仅像门一样能开能关，还装有铁栏杆。黑衣人掏出一把巨大的铜钥匙，有些费力地插进门上的锁孔，然后拧开了锁。

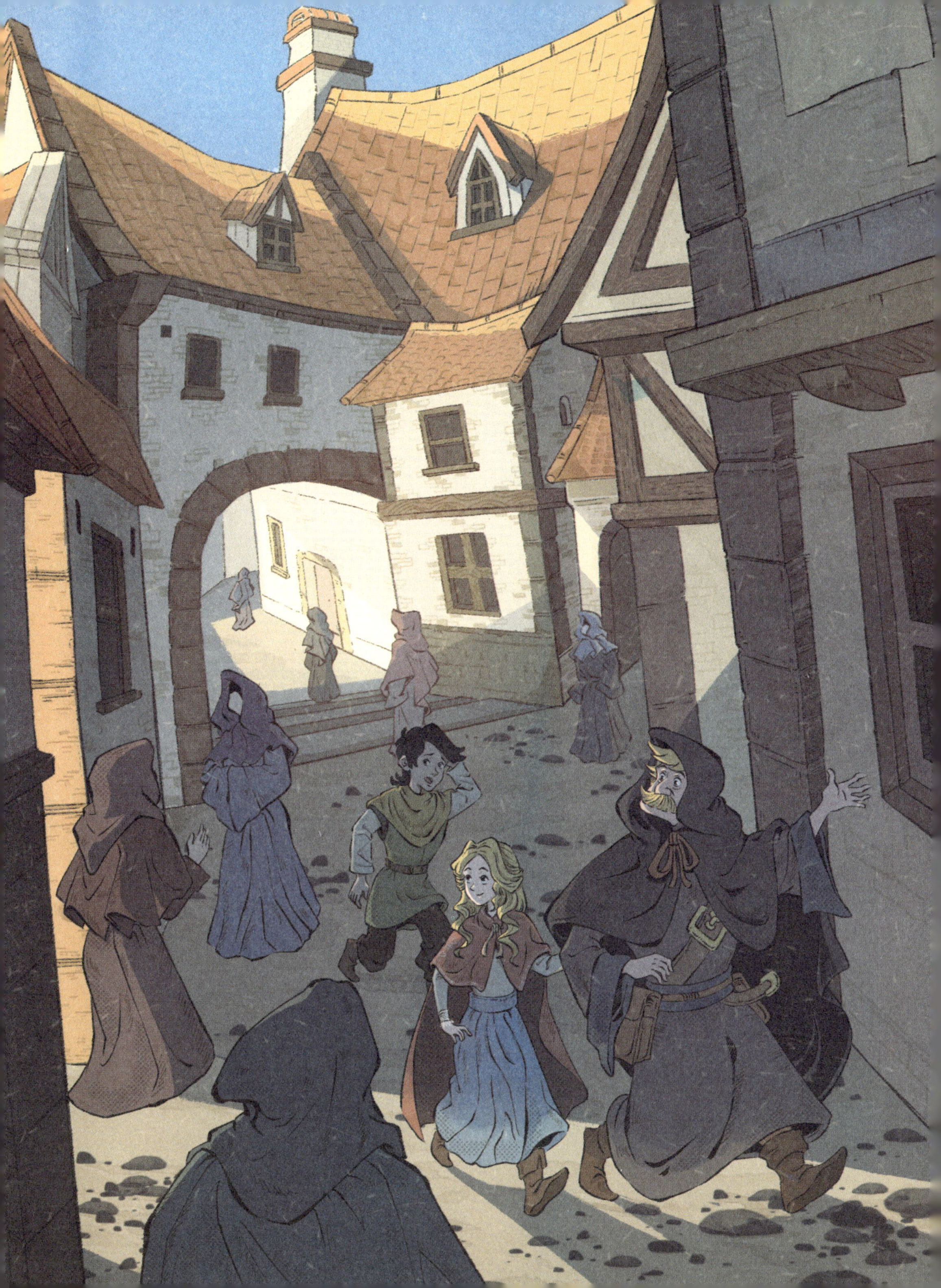

门开了，他们跨过一块用小木板做的门槛，走过一段昏暗的路，到达了一个露天的庭院。庭院的尽头是修道院的外墙，右边是一栋平房，左边是一座四层木结构建筑，建筑外带有通往二层和三层公寓的木制楼梯。楼梯用木制支架固定在墙上，另有一根木制立柱作为加固。庭院中央有一口古井，井口有打水用的轳辘、绳子与水桶。

黑衣人和女孩领着约瑟夫走上楼梯，他们每走一步，木板就会吱吱嘎嘎地响。走着走着，约瑟夫忽然感觉楼梯颤了一下，他被吓得一阵眩晕，并因为害怕而扶住了墙壁。黑衣人看到此情此景微微一笑，向约瑟夫说明了这架楼梯的牢固程度。他们一行人经过二楼，在三楼公寓门口停了下来。黑衣人从长袍中取出第二把钥匙——这把钥匙比之前的那把要小——打开了三楼的公寓。

主楼梯到三楼就结束了，但是约瑟夫看到了一架通向顶楼的简陋的梯子，梯子的尽头就是顶楼的门，但根据门的金属材质、形状和大小，约瑟夫断定它是由窗户改造而成的。顶楼从整体上看像是阁楼或者储藏室，被改造的窗户旁边还有一个方形的孔，其功能可能是照明。不过约瑟夫很快就进入了黑衣人和小女孩的公寓，尽管这栋阁楼散发着奇妙的吸引力，约瑟夫却没有时间去继续研究它。

约瑟夫所进入的这间公寓又闷又暗，但陈设并不差。房间中央摆着一张圆桌子，除此之外屋内还有几个大箱子和一个餐具柜，餐具柜上的银器闪闪发光。

女孩飞快地跑去开窗，光线从无数个小玻璃窗格中射了进来。她接着又在小酒杯中倒满酒，放在约瑟夫和黑衣人所坐的桌前。那张桌子上还有几片碎面包，他们就这么吃了起来。虽然约瑟夫想吃得斯文一点，但饥饿感还是让他吞咽得飞快。

"说说你的故事吧。"黑衣人说道。

约瑟夫对早上的事进行了简单的叙述，黑衣人聚精会神地听着，等男孩讲完，他轻轻地敲了一下桌子。"我知道该怎么办了。"他说，"在这里等着我，想吃什么就吃什么，我一会儿就回来。"说完后他快速地顺着楼梯走到了二层的一间公寓里。

女孩坐到约瑟夫身边，直视他的眼睛："你叫什么呀？"

"我叫约瑟夫·恰尔涅茨基。"

"约瑟夫，我喜欢这个名字。我叫埃尔兹别塔。"

"我父亲叫安德鲁·恰尔涅茨基。"约瑟夫补充道，"我们住在乌克兰那片黑土地上，周围没什么邻居，离我们最近的一家人在96千米以外。不过我们家不像大多数人那样因为哥萨克人或鞑靼人的存在而感到恐惧，因为我的父亲对他们很友好。不久前我们家原来的一个仆人——一个友好的鞑靼人——来到我们家，警告我们有危险将要来临的时候，我们都有些难以相信。我父亲听完之后笑了，但在我看来他是相信这个仆人的，因为他将那个鞑靼人拉到一边，谈了许久。可是事后他并没有显露出任何的恐惧，我们照常生活，我和母亲也很快忘记了那件事。"

"然而有天晚上，我的母亲缝衣服的时候，偶然发现有一个人藏在角落的茅草堆里，正在偷窥屋内，而且脸上还充满邪气。那个人不是我们家的仆人，也不是住在附近的邻居。我的母亲被吓得尖叫起来，我们则被她的叫声吓到了。"

"然后呢？"女孩的蓝眼睛里满是好奇。

"当天晚上，父亲走进我的卧室叫醒我，并让我赶紧穿上衣服。然后我和我的母亲就在他的带领下穿过平时一直被钉子钉起来的一扇后门，进入了一条洞穴般的通道。我们沿着那条通道一直爬，最后来到了一个离我们家有一段距离的棚子，我看见我们家最好的两匹马正拴在马车上。这时我明白，父亲已经瞒着我们做好了预防措施。这更加使我相信他在害怕着某种东西，某种不能告诉我们的东西。"

"你知道那是什么吗？"

"我现在还不知道。不过，最令人不解的事还在后面。我和母亲上车之后，看到马车上储存着大量的食物，我的父亲却飞快地跑到棚子一角，用耙子刨出了一些用树枝树叶隐藏起来的蔬菜。我当时觉得那些也是他储存的食物，但是他却只拿了一样蔬菜。"

"所以那是？"

"一个南瓜。"

"一个南瓜！为什么只拿南瓜？"

"我不清楚，后来即使马车上的食物吃光了，父亲也不让我们动那个南瓜。不过当时我们已经走了十天，快到克拉科夫了，食物的问题很快就能解决。哦，对了，今天早上有一个古怪的男人突然出现在我们面前，说要用同等重量的金子换南瓜，我父亲把他赶跑了。我觉得那个男人是从乌克兰一直跟着我们到城门外的。"

"那你查清楚那个藏在茅草堆后面的偷窥者是谁了吗?"

"没有,但是后来我们家确实遭遇了厄运。出发几天后,我们在一个村庄歇息,一个骑马路过的老乡告诉我们,我们的房子和田地都在我们离家的那天晚上被烧毁了。而且田地上还都是土坑,就好像有谁在疯狂地寻找宝藏一样。幸好我们在那天晚上及时离开了。"

"你父亲还带着那个南瓜吗?"

"是的,我不太懂那个南瓜为什么那么珍贵。如果我父亲知道我和别人说这些,估计会生气的,但我相信你不会把这些秘密说出去的。我的故事讲完了,你可以和我讲讲你的故事吗?你叫那个黑衣人叔叔,他是谁?你父亲的兄弟吗?"

"没错,我父母在瘟疫中去世了,叔叔将我抚养长大。他叫尼古拉斯·克鲁兹,是克拉科夫大学最了不起的学者和炼金术士,他信奉基督教,但并不在教堂担任神职人员,而是专心研究炼金术。"

女孩说这段话的时候,黑衣人已经回到公寓。

"我去确认了一下。"他在桌前坐下,"这里或许可以作为你们家的安身之处。这栋楼的房租不贵,虽然设施简陋了些,但至少可以为你们遮风避雨。即使不得不卖掉马车换房租,我觉得这也是值得的,况且现在卖马车能卖个很好的价钱,如果你的父亲不嫌弃这里的房间简陋的话,够你们住很久了。"

"他不会的,只要能给我们一个落脚之处,他愿意做任何事。"约瑟夫恨不得马上飞奔出去,"乌克兰离这里实在太远了,我们一家一路奔波。如果这个消息是真的,我想快点告诉我的父母。"

女孩略有不满地跳起来:"你之所以会怀疑我叔叔,是因为你还不了解他。"

炼金术士把侄女揽到怀里,黑袍的袖子顺着他的动作垂下,漂亮的女孩宛如被一只巨型乌鸦用翅膀护住。在叔叔的怀里,她转怒为喜,甜甜地笑了。

"你快去报信吧。"女孩对约瑟夫说,"让他们来这栋房子瞧瞧吧,我对自己的母亲已经没有印象了,如果你的母亲能够喜欢我……"

"她肯定会喜欢你的。"约瑟夫一边往外跑,一边大声回答道,"我去去就回,但是等我回来的时候,得劳烦克鲁兹先生打开下面的门。"

"好的。记得和你父母说你们可以住的房间是我楼下那层。"炼金术士嘱咐着约瑟夫,"下面那层有一大一小两个房间,我感觉够你们住了。"

约瑟夫发自内心地对炼金术士道了一句谢,拔腿向集市奔去,他跑得飞快,鸽子街的街景在他身旁一幕幕地掠过,不一会儿,他就进入了直通老布楼的那条街。

跑过街口,经过市政大楼,穿过布楼,约瑟夫往饮马的那个位置飞奔。然而,等真正到了那儿的时候,眼前的景象却让他的心弦瞬间绷紧。他惊讶地停下了脚步,旋即又以更快的速度冲了过去。

他看到当天早上被他们教训了一番的那个陌生人正领着一群恶棍拿着木棍和石头找他父母的麻烦。他们围着马车大声叫骂,还时不时向马车上扔石头。他的父亲脸上毫无惧色，站在马车前面与恶徒对峙，并用自己的身体保护着妻子。此时正值晌午，上午的集市基本结束了，市民和农夫们都闲了下来，乱象很快吸引了许多围观的人。

约瑟夫穿过人群，跃上马车，站到了父亲身边。

"嘿，小家伙来了。"那个说自己叫奥斯特洛夫斯基的恶徒喊道，"这个小家伙从他父亲那儿继承了巫师的法术，从他母亲那儿继承了女巫的妖术。他今早在我的马的侧面轻轻打了一拳，就让我的马径直跑了出去。"

人群中有人向三个人扔出一块石头，那石头差点打中安德鲁。

"男巫！女巫！"人们大喊大叫。

"这个人是最坏的。"早上想要拦住他们的那个恶徒喊道，"就是他对我哥哥施了魔法，砍下了我哥哥的头，并把他的头变成了南瓜。如果这个人还有良心，他就应该在大家面前把南瓜交给我，我会用基督教的方式埋葬我哥哥的头……但他不肯，这恰恰证明他就是巫师，是被教会、法庭谴责的存在！就是他！杀了他！求求大家帮我拿回那个南瓜，那是我哥哥的头呀！"

尽管这些指控在今天看来荒谬无比，但在15世纪却并非如此，在那个黑暗的时代，人们非常迷信，思想尚未开化。在那个时代，大部分人还相信某些人有邪恶的力量，能够把普通人变成奇怪的动物；相信通过魔法，某些人可以用可怕的方式来发泄怨恨；相信施加魔咒之后食物会变得有毒，牛奶会变酸。

在那个时代，无论一个人多么友善，多么无辜，只要被扣上了巫师的帽子，都将万劫不复，那个自称奥斯特洛夫斯基的人正是想要给安德鲁先生泼上这桶脏水,奥斯特洛夫斯基进城之后找来了不少当地的恶棍,一边造谣一边找寻那让他丢脸的一家三口。最后,他们在喷泉旁边找到了目标。

"南瓜呀!那南瓜是我哥哥的脑袋!"恶棍大叫着。

安德鲁脸上带着鄙夷的微笑,手中挥舞着剑,让那些懦弱的恶徒们不敢接近南瓜。但是个别卑劣的人看到正面进攻有风险,就绕到后面想要拿石头偷袭;有的恶徒后退一段距离,打算把手中的武器投射过去。就在这个时候,一个气宇非凡的人分开人群,走到了众人面前。他身穿袖口宽大的尖帽棕袍,身材适中,步态稳健,正值壮年。他有些

像牧师，但更像学者，因为他身上满是书卷气。

"停手！停手！"他命令道，"做什么呢？"

"这一家三口都是男巫和女巫。"那个恶棍没好气地说，"我们要收拾他们，你别插手。"

"男巫女巫？一派胡言。"这个人一边说着一边来到了安德鲁先生的身边，"那不过是你们找的借口，像这种伎俩，你们这种恶徒已经用了太多次了。大家都能看出来这位先生是个老实人，而你们呢？你们这些懦夫居然对这样一个好人，以及柔弱的女人和孩子下手！立刻离开这里，否则我会找来国王的卫队的。"

"扬·康迪！"一个恶徒胆怯地叫出这个突然出现的人的名字，"不关我的事！"话音未落，他便扔下棍子逃跑了。

安德鲁一家不会魔法，但"扬·康迪"这个名字的威力却不一般，那恶棍喊出这几个字之后，所有人都毕恭毕敬地摘下了帽子，并且偷偷看向彼此，似乎是因为刚才合伙做了不好的事情而感到羞愧。

"扬·康迪真是善良啊。"众人喃喃说着，很快人群散开了。那个带头的恶徒也消失在他们的视野中。

· 第四章 ·

善良的扬·康迪

15 世纪的克拉科夫处于辉煌的时代,在那个时代的杰出人物当中,有一位学者兼修士的人名为扬·康迪。他在克拉科夫大学接受教育时,经院哲学已经开始衰落,但学校授课主要还是以语法为主,不过丰富的人生阅历与遍布天下的朋友使扬·康迪并没有被学校的课程设置所束缚。他研究时不求功利,讲求真理,尊重生活经验。他将大量的时间与精力花在他那位于大学老楼(很久之前已经失火被烧毁)底层的小宿舍中,希望让旧学问开出新的花朵。他还评价学者和博士们的论点与行为,为自己所在的时代编纂史书。

他的生命是圣洁的,他那小小的住所挤满了拜访者,其盛况不亚于游客参观他在老大学图书馆里的圣像。他罕见地受农民爱戴,庄稼汉们虽然由于羞涩而不怎么向大学里的人寻求帮助,但是他们完全不害怕扬·康迪。他们会来到克拉科夫,问他如何看待该年的气候,气候又是如何影响作物生长的;他们会请求扬·康迪帮助他们解决与地主之间产生的纠纷;他们会请教他牲畜该喂什么食物;他们会咨询所有与道德或宗教有关的问题。他们信服扬·康迪的裁决如同信服上天的旨意。

出于以上原因，扬·康迪在城内和城外都很出名。他最讨厌人对同类，以及更弱小的动物施暴，一个孩子、一匹马乃至一条狗受到欺凌，都会让他心生同情。因此，当他在市场上看到一家看上去心地善良的人被几十个人找麻烦的时候，他全然不顾自己的安危，直接迎着不断丢来的石块冲了上去。

"上帝保佑你，我的兄弟。"恶徒离开后，扬·康迪对安德鲁先生说道，"还有我的姐妹。"他将手放在安德鲁妻子的前额，"他们为什么会找你们的麻烦？你们是外地人吗？"

"是的，我们从外地来。而且更令人烦心的是，我们现在没有容身之处。"安德鲁先生答道。

"你们的家在很远的地方吗？"

"我们从乌克兰来。"

这个善良的人的肩膀因为激动而微微摇晃："你们在这儿肯定有亲友吧？"

"没有。我们本来是想找这里的一位亲戚的，但去到他的住处，我才知道他已经去世了。我被鞑靼人烧掉了房子，失去了所有的财富，还被恶人一路追捕。他们想要我的命，夺走我仅剩的财产。"说到这里，他用脚碰了碰那个他一直保护的南瓜。

"那些人为什么会说你们一家是巫师呢？"

安德鲁先生轻笑着回答："那不过是一种低劣的把戏。他们在公众场所煽动人们对我的仇恨，进而用看似合理的方式剥夺我的财产。我觉得这件事的始作俑者一路上都在跟踪我，同时他还受令于某些地位更高的人。这件事太复杂了……这位好心人……这位好心人……您是神父吗?"

"人们这么称呼我,但我实际上只是天父的仆从而已。"

"既然这样,好心的神父,听我说。我无意伤害任何人,可我却在这个充满阴谋的世界里找不到任何依靠,我所求不多,只愿找到一个地方过夜,让我的妻儿今夜不必在寒风中瑟瑟发抖。"

"那么你们跟我走吧,在我的小宿舍里,我尽我所能给你们提供一些你们需要的东西……把你的马套上马车,我们从那条小路开过去,就到圣安街了。"扬·康迪说道。

安德鲁先生旋即开始整理挽具。这时约瑟夫急切地拽了拽父亲的袖子,"爸爸,爸爸,我找到了一个可以落脚的地方。"

安德鲁惊讶地看着约瑟夫:"你,你找到的?你是如何找到那里的?"

"我恰巧帮助了一位学者和他的侄女,他们带我去了他们家,并告诉我他们楼下有空房间。"

扬·康迪打断他们说道:"无论如何,请先到我的住处来,我们可以先商量商量以后的计划。如果这孩子找到了合适的住处——他的表情和语气不像是在骗人——我们可以先在我那里详细地讨论,在那里说话可比在繁华的广场上说话安全多了。"

几分钟后,他们在克拉科夫大学最大的一幢建筑前停了下来。在去扬·康迪住处的路上,基本上每一个行人都会向扬·康迪脱帽致敬,甚至有一整个小队的骑士都拔出剑向他致敬。不过扬·康迪貌似因为忙于思索问题而对这些事毫不在意,当他从马车上下来,把一家三口领到一楼右侧的小房间里时，他仍然沉浸在思考当中。

走进房间后安德鲁先生就暂时搁置了约瑟夫找到住所那件事，请求立刻和扬·康迪在房间内单独谈话。于是扬·康迪在走廊的桌子上放了一些食物，让男孩和他的母亲在二人谈话的时候可以吃些东西。

嗡嗡的谈话声从门内传来，约瑟夫努力去听，但根本听不清。他只听清了一句话，那是神父在问："所以，那是你一路带过来的南瓜吗？"

安德鲁点头表示肯定——他一定是那么做了，因为约瑟夫听不到回答的声音。约瑟夫听不清他们在讲些什么，就没有再继续听屋里的声音了，而是开始和母亲说自己刚刚所经历的事。

听着听着，约瑟夫的母亲放下了食物："哦，太不可思议了，如果是这样，等他们谈完了，我们就去那栋房子吧……那个可怜的小女孩，父母居然都去世了，我想是上帝派我们来这里给她一些关爱的。"

另一边，房间里面，扬·康迪已经听完了安德鲁先生的故事并提了几个问题，问题一一被安德鲁回答之后，扬·康迪用一只手扶着额头，思考了一会儿，接着说道："在我看来，你应该走什么样的路已经很明确了，你暂时解决不了那些敌人，又必须待在城里，因此你必须改名换姓。你现在用不上马和车子，所以我建议你卖掉马和车子。附近有马匹市场，我可以让人帮你处理卖马的事，你的马养得很好，可以卖不少钱呢。"

"卖马的钱总有花完的时候，我需要工作挣钱，养活妻儿。"安德鲁还是有些苦恼。

"我考虑到了这一点，并且想到了一份适合你的工作。不过这份工作可能不是很体面。"扬·康迪说道。

安德鲁立刻答道:"对我来说没什么不体面的,只要能让我的妻儿好好生活,我就心满意足了。"

"那就好!"扬·康迪非常高兴,"这么说我想到的这份差事就再合适不过了。您之前当过猎人吧?"

"我曾经打过猎,您为何要问这个?"安德鲁摸不着头脑。

"所以您也会吹号?"

"那是当然,老实说,我吹号的水平是数一数二的。"

"很好!但还有一件事……你刚才告诉我的话除了国王以外,不能让别人知道,你守护的宝物是国家的财产,理应交给国王。我不知道它给世界带来了多少伤害,但我希望一切伤害都到此为止,我可以帮你保管它,然后直接交给国王。"

"我非常希望将它交给您保管,但我曾向父亲发誓,在将它交给波兰国王之前会用生命守卫它。因此,我还是会将它放在我的身边。"

"愿上帝与你同在。马卖出去之前在这里歇脚吧,我们现在听听孩子的故事,为接下来的事做进一步的打算。"

说着,扬·康迪将走廊上的母子叫进来。听完安德鲁夫人复述约瑟夫说的话之后,这位学者兼神父不禁发出惊叹:"我的天哪,你们太幸运了。约瑟夫说的那栋房子我知道,克鲁兹我也认识。他个性有些古怪,但为人真诚可靠,做学问踏踏实实。那条街很早之前就有巫师居住,因此大部分人都不敢靠近,他家的院子更是因为一些传闻而冷冷清清,不过大多数传闻都是以讹传讹。你们现在需要避人耳目，住在那里简直是再好不过了。"

安德鲁太太心中满是感激之情，她想要跪下请求神父赐福，但神父没有让她那样做。

"别这样，是你们赐福于我才对。"扬·康迪说，"因为你们有着宝贵的品格。"

安德鲁太太向扬·康迪施了吻手礼，约瑟夫也有样学样地吻了神父的手。安德鲁先生被扬·康迪的善良深深感动着，他背过身去，不愿让家人看到自己眼中的泪花。扬·康迪的一举一动直击这一家人的心灵，如果要形容这位神父，不管是情感还是人格，他们都只能找到"美好"这一形容词。

扬·康迪找到一个在大学供职的仆役去卖马车，约瑟夫一家坐在原地等候。

这时候，他们听见一阵敲门声，扬·康迪打开门后，他们看到了一个抱婴儿的女人。那女人不像是来乞讨的，而像是来向扬·康迪咨询问题的。

过了一会儿，他们听明白这个女人的诉求了。她说她来自黑村，四肢和脖子都莫名感觉疼痛。

扬·康迪柔声问道："你晚上怎么睡觉？"

"尊敬的扬·康迪先生，我每晚都在地板上睡觉。哎哟，我太疼了。"她呻吟道，"我是被魔鬼附身了吧？您能把它赶走吗？"

"你们家的地板是石制的吗？"

"没错。"

"地板经常是潮湿的吗？"

"不，先生，只有春天时地板会潮湿。"

"地板下面的土呢？"

"嗯……土应该是湿的。"她费力地回想着，"附近有一口水井，如果不经常打水，水就有可能溢出来，流到睡觉的石板下面。取水的时候要是不小心洒了太多水，也会流到石板下面去。"

"好，我知道原因了。按照我下面所说的去做，你的四肢和脖子就不会疼了。用石头垒一个矮墙将水井和房子隔开，保证水不会流到地板下面。水井溢出来水的话，就挖一条通道把水引走。此外，时常晒床单，每周换一次在睡觉的石板下面垫的干树枝。问题就解决了。"

女人毕恭毕敬地吻了扬·康迪的手，充满感激地离开了。

不一会儿，又有一个农民来访，他和扬·康迪说，自己的农田里闹虫灾。

"神父，您能用祷告驱除吃我庄稼幼苗的虫子吗？"他恳求扬·康迪。

"只有每天与庄稼打交道的你才能处理虫害。回去之后，在炉子的底下抠一些灰，把它们撒到庄稼周围。如果效果没那么理想的话，就清早去田地给庄稼浇水，你浇完水之后虫子会爬出来，这样你就能杀死它们了。"

农民满意地离开之后，扬·康迪拿起一支橡木做的鸽毛笔，开始在羊皮纸上写写画画。那卷羊皮纸很长，都快从桌面垂到地上了。

约瑟夫闭着眼睛躺在长凳上：今天的经历真是太丰富、太惊险了，以后的生活又会是什么样子的呢？他的思维开始发散。恍惚间，他看到自己穿着盔甲，拿着盾牌和长剑，正在和一个长着南瓜头的鞑靼巨人战斗。打着打着,那个鞑靼人忽然摘下南瓜头,抱着南瓜爬上一架长梯,钻进了一间吊在星星上的房间,约瑟夫能通过门口看到那个房间里面闪烁着诡异的光芒与火焰。过了一会儿,鞑靼人又再次出现在他眼前,这次鞑靼人的脖子上是一颗狗头,刚才摘下的南瓜浮在他身旁,轻得像是由羽毛做成的球……约瑟夫逐渐听不见扬·康迪的鸽毛笔摩擦纸张的声音了,他逐渐沉醉在他的幻想世界里了。

他睡熟了。

约瑟夫醒来的时候,阳光已不再透过窗户照到房间中,为了照明,大人们点起了一盏烛灯。借着烛灯的光,他发现父母与扬·康迪正围在桌前,桌上则放了一个物体。为了确认自己不是在做梦,他揉了揉眼睛。

这次他看清了桌上的东西——不是别的,正是那个南瓜。安德鲁正在用大刀切去南瓜的外皮,奇怪的是,那外皮特别硬又特别脆,看上去就像在切割木板一样。约瑟夫的灵魂几乎被眼前的场景攫去,他不自觉地屏住呼吸。

刀一点点地切着南瓜的外壳,碎屑一片片掉落。"我觉得,那些人就是因为这个东西而在乌克兰找我们的麻烦的。"安德鲁低声说,"今天找上我们的那个恶徒也一定清楚南瓜壳里是什么。也许他不知道它在南瓜里,但他上头的人已经告诉他这东西在我手里,我又只驾了那一辆马车。因此当他发现那个南瓜之后,就猜透这一切了。但为了不惹人注意,他抢南瓜时我并没有显露出慌乱的表情来。"

"不过,安德鲁。"扬·康迪说道,"这伪装并不完美。这是一个熟南瓜,在仲夏时节,波兰几乎见不到这样的南瓜。"

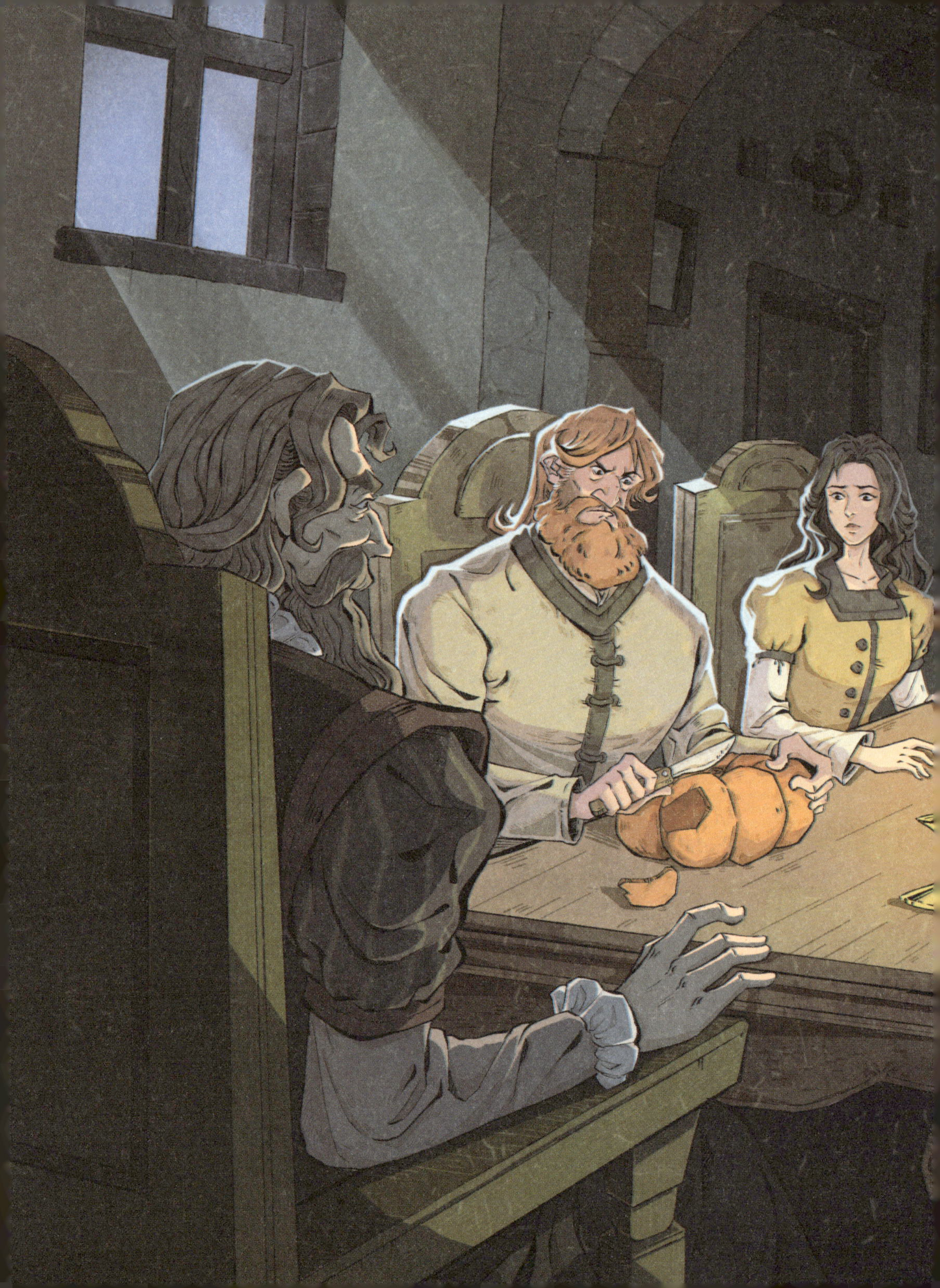

"没错！"安德鲁回答道，"可是我只能冒险一试了。我很早就开始担心有人觊觎这件宝物，所以开始给它加上伪装。因为其他植物的外壳不容易保存，所以我最后决定一年四季都为它准备一个南瓜壳。"

说着，他切去了最后一片南瓜壳。

外壳被剥落的那一刹那，狭小的房间忽然像白天一样明亮，放南瓜的地方射出斑斓的光，它是那样耀眼，如同缩小了的太阳，下一秒，"太阳"便又熄灭了，因为扬·康迪已经准备好袋子，让安德鲁把那东西装了起来。

约瑟夫跑到桌子前面问："父亲，袋子里装的是什么？它怎么会在南瓜里？又为什么会发光？"

安德鲁系好袋子，用坚定而温柔的语气对儿子说道："约瑟夫，有一天你会弄明白这一切的。过多的责任只是负担，如果你只是一时兴起，而我又向你直接坦白了一切，你就会遭遇无尽的痛苦。如果你真的想知道的话，我会在合适的时机告诉你的，但肯定不是现在。你年纪太小，不应该身负那样的重担。我已经为它付出太多东西了。"

安德鲁沉默了片刻，转向其他话题："我们现在出发去你找的那栋房子。你睡着的时候，尊敬的神父带我和你母亲见了你的朋友，又看了那个房间。那屋子布置得不错，我们以后就住在那里了。"

第五章
鸽子街

众人从楼里出来时,夜色已深,圣安街伸手不见五指。扬·康迪坚持要和他们一起过去,所以他手拿烛灯为约瑟夫一家引路。今夜没有月亮,就只剩天上的星星还闪着微光,烛灯微弱的光也只能照亮身前一两步路的距离。安德鲁用手牵着他的妻子,跟着扬·康迪,约瑟夫走在队伍最后。在狭窄的步道上没走几步,约瑟夫的右手就碰到了一个潮湿的东西,他吓了一跳,但很快就发现那是一只用鼻子拱他,向他示好的流浪狗。

约瑟夫俯下身去摸了摸那只流浪狗,不禁心想:这好像是上午发疯的那条狼狗。没错,那只狗也是这么大……而且这只项圈就是我抓住的那只项圈,我还记得上面那硬得快要划破手指的小刺。

"父亲!父亲!"他冲前面喊道。

"怎么了?"

"遇见了一只狗。"约瑟夫答道,"它很友好。"

"带上它吧,我们现在不怕朋友多。"安德鲁笑了。

狗是上帝创造的所有生物中最神奇的一种，很多人认为狗最擅长洞察事物。这条狼狗早上遵从本能打了一架，逃走之后，它的另一种本能就支配了它的头脑——找个朋友。狗是离不开朋友的，但这只狗一时间不知道去找谁。那个鞑靼男孩根本没有找回它的打算，它饱受折磨之后，也不愿意再与他做伙伴，因此，它想到了那个突然出现并抓住它的男孩。狗天生就有一种特殊能力，能够快速判断对方有没有敌意。男孩的触摸与喊话的语调让这条狗意识到这是一个善待动物的人，所以，在和男孩分开之后，这只狗一直在街上寻找男孩。终于，在夜色下的圣安街，他们相遇了。

他们继续向前走，进入了一条（今天称为亚盖洛斯卡街）小巷，接着，他们顺着小巷走到了鸽子街。刚拐过巷口，一阵骚乱便在不远处响起。所有人都停了下来——除了那条狗。约瑟夫拽住了狗脖上的项圈，止住了它向前凑的势头。

"稍等一下，我去看看前面怎么了。"看见街道中央围了一圈穿黑袍的人，扬·康迪一边对安德鲁一家说着话，一边自己举着烛灯挤进了人群。

"学生们！"扬·康迪问道，烛灯的光将这些学生的脸照亮，"你们在这里做什么呢？"

出于尊重或是畏惧，学生们都为扬·康迪让路。

"决斗吗？为什么要决斗？"走到人群中间，扬·康迪大声问道。

在圈子中央，两个年轻学生敞着衣裳，挽着右臂的袖子，相向而立。他们将身上穿的黑袍扔在地上，手中握着又细又长的意大利剑。在扬·康迪走到小战场前，他们刚进行了第一轮交锋。

"决斗！"扬·康迪强调了这两个字，"难道你们不清楚学校周围禁止打架斗殴？这戒令早就颁布了，打架斗殴的学生是要被罚款或者监禁的！"

他径直夺走那两把剑："你们别把这当作儿戏。"拿走剑后，他将两个学生教育了一番。

扬·康迪并没有在危言耸听，这两个年轻学生的举动极度危险！大多数学生就算决斗，也会包住剑头或使用宽剑和穿戴护甲、头盔等护具以降低风险，可是这两个学生不仅使用了裸剑，还没有做任何防护。这样的决斗若是进行下去，至少有一个人会身负重伤。

"到底怎么回事？告诉我你们的名字。"他将烛灯凑到一个学生的脸边，不禁惊声喊道，"约翰·特林！居然是你！我不敢相信你会出现在这里，到底发生了什么事，你们要用武力解决问题呢？——你呢，你叫什么名字？"他问那个离他较远的学生。

"康拉德·米林纳基，马佐维亚人。"这个学生正把剑插回剑鞘，听到扬·康迪的问话后，惭愧地低下了头。

"感到羞愧是好的，马佐维亚人！最近马佐维亚人似乎总被人莫名其妙地侮辱，这大抵是你决斗的动机吧。你先回宿舍吧，明天再和我详细说说这件事。至于你们，"他看着周围等着看热闹的那些人，"马上回宿舍！我再回到这里的时候不管看见了谁，都会把他的名字直接报给学校。"

"还有你，约翰·特林，"学生们散去之后，扬·康迪质问道，"你在街上闹事，心中就没有任何愧疚之情吗？"

"没有。"这个叫约翰·特林的学生无视扬·康迪的眼神，斩钉截铁地回答。

　　此时安德鲁先生他们也跟过来了。约瑟夫借着烛光看清约翰·特林的脸的时候，心头不禁一惊——那是一张奇特的脸。约翰·特林长得不难看，他有一双有神的眼睛，还有一头漂亮的黑发。他身材挺拔，衣领处露出雪白的皮肤，和发梢以及周围的夜色形成鲜明对比。但是，他的鼻子又细又长，给人感觉非常刻薄，他的嘴巴很小，显得很傲慢，他漂亮的眼睛中也没有友爱与正直。按照常理，一个涉世不深的年轻学生不该有这样的表情，但除了约瑟夫，所有成年人都没有注意到特林的异常，这可能是因为成年人在生活中已经见惯了自私和刻薄。

　　"你和那个学生为什么要决斗？"扬·康迪厉声问道。

　　"三言两语解释不清。"

　　"哦，那就简短地说一下。"

　　"他辱骂我。"

　　"他对你说了什么？"

　　"骂了我很多话，不过主要是看不起我的研究。他问我是不是专门研究破铜烂铁和废皮革的，他还说要找来克拉科夫所有的烂鞋，让我炼金。"

　　"在这之前你有挑衅他吗？"

　　特林不愿说实话，但扬·康迪身上那股威慑力最终还是让他吐露了真相："我问他北方国家的青蛙会不会马佐维亚语。"

　　"我就知道是这样，"扬·康迪没让特林再解释下去，"为什么你们非要惹是生非，挑衅马佐维亚人呢？我警告你，你的剑术或许不错，但别看马佐维亚人不善言辞，他们的剑术很可能不亚于你。"

"可是他也辱骂了我。"特林还想争辩。可能是感觉波兰语说起来不能清楚地表达自己，他转而讲起了德语。这可愁坏了约瑟夫，他完全听不懂德语。

"谨言慎行吧，特林，"扬·康迪语重心长地说道，"你并不是被大学常规录取的学生，做事要万分注意……既然你先动了手，你就该去和对方赔礼道歉。明天天一亮你就去，主动亲吻对方的脸颊，并且请求原谅。"

特林并不服气，但这建议是扬·康迪提出的，他不得不点头同意。

"此外，我还得提醒你。约翰·特林，除了今天遇到你打架之外，我还听说你最近总是和一些三流的巫师和占星师交往。这不是你该做的事，你应当多和克鲁兹先生那样的人学习。现在世道黑暗，人们不相信做研究的人，但克鲁兹先生的研究是可靠且神圣的——你仍然住在他那里吗？"

"对。"

"既然这样就一起走吧，我们也去那儿。这位先生和他的家人将要搬进克鲁兹楼下的房间。"

特林尝试借着烛光看清安德鲁一家人的脸，然而烛光太过昏暗，他什么也没看清。

他们继续往前走，没用多长时间就来到了那栋房子门前，扬·康迪拉动门口垂着的一根绳子，过了一会儿，一个佝偻着背的老妇人提着灯走了出来。端详了他们一阵后，她把他们领进了大门。

"现在开始一切都会走向正轨的。"安德鲁感谢着扬·康迪，"接下来就

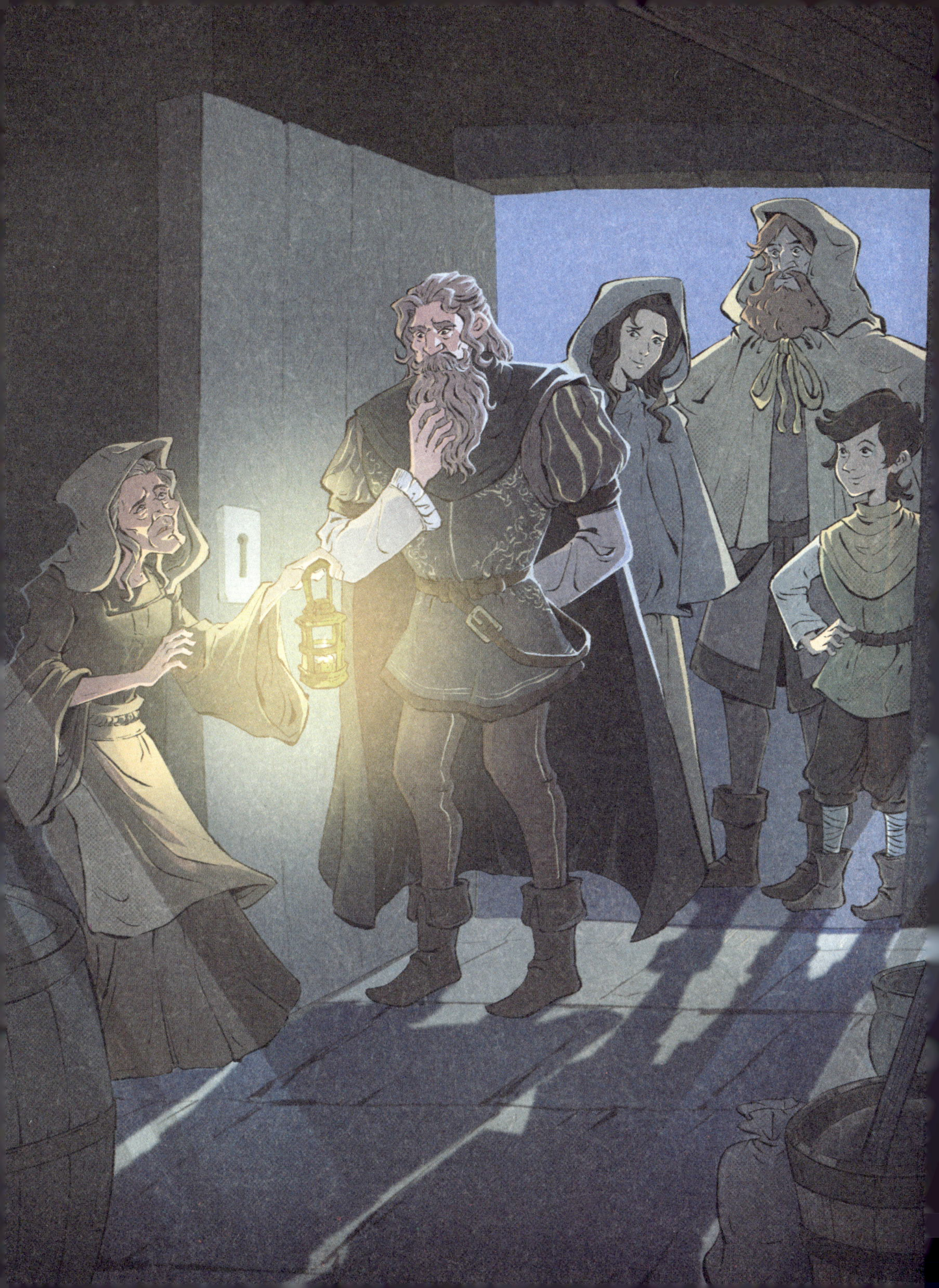

不麻烦您了。"

"这都是小事。"扬·康迪说道,"所有的东西都安排好了,你们应该会觉得这是个舒适的落脚处。那么晚安,安德鲁·科沃斯基先生,明天我会派人告知您有关新工作的事。"说到他们的化名时扬·康迪也有些磕磕绊绊,"希望一切顺利。"

"也希望您安好。"

而后,和蔼慈爱、年高德劭的扬·康迪便离开了。老妇人锁上门,带着恰尔涅茨基——现在应该叫科沃斯基一家、特林,还有那只狗继续向前走。

"我们终于又有家了。"安德鲁先生感叹道。

进入大门,走过一段尖顶走廊便是庭院。特林住在院子右侧的房间,他在这里就和安德鲁一家道了别。再次看清这张脸的时候,约瑟夫又一次加深了对他的糟糕印象。如果是白天,他或许不会觉得这张脸有什么特别,但是在烛灯光线的映照下,约瑟夫越看特林,越觉得此时的他有一种说不出的邪恶。

而后安德鲁一家随老妇人登上左侧的楼梯,沿着约瑟夫下午走过的台阶向上走。由于上楼的人比白天更多,楼梯摇晃的幅度比之前更大,吓得安德鲁一家全都紧握着栏杆。

到二楼的时候,他们发现门是开着的。原来,手举蜡烛的埃尔兹别塔一直在等着他们。安德鲁接过女孩手中的蜡烛,再次看了一圈屋子:这层屋子有两个房间,安德鲁将较大的一间作为自己与妻子的卧室以及客厅,较小的一间作为约瑟夫的卧室。按照炼金术士白天的吩咐,老妇人不仅把这里打扫干净了，还帮忙购置了一些家具和餐具。

安德鲁用自己的化名安德鲁·科沃斯基向老妇人做了正式的自我介绍——他和扬·康迪最后挑选了这个最常见的姓氏——炼金术士和埃尔兹别塔也知道了他们打算改名换姓的事，并发誓不向外人透露他们的真实身份。

"亲爱的，"旁人离开后，安德鲁关上房门，把装有宝贝的袋子放在桌子上，开心地对妻子说道，"这一切真是顺利得超乎想象。这是个好地方，大门很结实，楼后面是修道院的院墙，外人进不去修道院，更没有办法从那么高的墙上翻过来。楼上住着炼金术士克鲁兹，楼下住着老妇人和她的儿子，老妇人和我说她在晚上会保持警戒，守着整个院子。楼的对面住的是几个学生，包括那个特林。总之，我们的敌人应该不会找到这里来，更何况我们还改了名字。接下来应该可以放心地住在这里，等待国王回克拉科夫了。"

安德鲁本想继续说下去，却被门外传来的声音所打断，好像有人在撞门。安德鲁太太害怕地叫起来，安德鲁先生握住剑柄打算去查看情况，约瑟夫不好意思地笑出了声："是狗蹭门的声音，它估计是太渴太饿了。刚才我看到庭院里有井，我去给它打点水喝。今晚就让它先睡在墙角吧，明天我找链子或者绳子把它拴上，这狗有些野蛮，如果让它跑出去估计会惹祸。"说着，约瑟夫拿了一小块肉和一点儿面包，下楼喂狗去了。庭院漆黑一片，约瑟夫喂狗时安德鲁太太站在楼上，用烛灯给他照明。

约瑟夫回房间时已经看不见那个神秘包裹了，父亲正在铺床，于是他打量了一圈房间，断定包裹一定藏在了床这儿，因为其他地方无法藏匿东西。但他没有继续探究下去，虽然下午在扬·康迪那里睡了一觉，但他现在仍然非常疲倦，刚枕到包裹做成的枕头上，他便睡熟了。

次日清晨，安德鲁一家人早早醒来，各自做起了自己的事。安德鲁太太开始擦家具，安德鲁先生则拿着工具修修补补，里里外外忙个不停。修完了屋内的东西，他又去检查那摇摇晃晃的旧楼梯。检查过后他安心多了，这楼梯虽然摇晃，但整体来说还是结实的，至少还能用好几年。

老妇人为他们送来了早饭，约瑟夫吃完早饭就带着狗去鸽子街闲逛。他给这只狼狗起名叫"沃尔夫"。

白天的鸽子街并不阴森恐怖，晚上看起来像恶魔眼睛的椭圆小窗户也变得像是可爱的精灵眼睛，暮色中扭曲奇异的房子在阳光的照射下，只是略显歪歪扭扭。约瑟夫发现所有建筑一楼的窗户都安有铁护栏，门上都安有金属合页，只要有人进出，铁链就会发出响声。有些人家会在窗外晾衣服——男人的衣服，女人的衣服，偶尔还有学生的黑袍。这些新鲜事物让约瑟夫在街上走走停停，过了好久才来到位于鸽子街最北边，与通向集市广场的十字街相连的那个路口。

走到这里，约瑟夫就带着沃尔夫原路返回了。他兴奋地打开门，却没有像平常那样和父母打招呼，因为他惊讶地发现屋里有一个陌生人正与父亲谈话。这个陌生人长相不像坏人，穿着的皮衣像是巡夜人在盔甲内穿的那种。此外，桌子上还多了一个铜号，这铜号工艺考究，且被保养得很好，闪闪发亮。

铜号边是两张羊皮纸手稿，一张写满了字，另一张是红黑两色标注的乐谱。"你既然已经按照那张纸来宣誓了，"陌生人说道，"那么接下来你就要按照誓言，拿着这张《海纳圣歌》的乐谱，在教堂的塔楼上每隔一小时吹响一次铜号。今晚接班的时候，那个号手会给你塔楼的钥匙并嘱咐你一些细节。这是一项神圣的工作，扬·康迪神父能找到你这样的人来值夜班，真是令人喜悦。"

陌生人吻了安德鲁先生的脸颊后便离开了，约瑟夫吃惊地看着父亲与桌上的东西：塔楼？父亲？《海纳圣歌》？

吃午饭的时候，安德鲁和儿子解释了这件事："事情是这样的，宣誓是每个圣母玛利亚教堂的夜间吹号手都要做的事，那个誓言你有时间可以自己读一读；《海纳圣歌》是我们之前听到的那首戛然而止的曲子，也就是我说会给你讲它背后的故事的那首。每隔一小时号手都会吹一遍《海纳圣歌》。"

"这么说你要做一名吹号手了？"约瑟夫问。

"没错，这是善良的扬·康迪为我介绍的工作。"安德鲁说道，"除了吹号以外我还要守夜，登上教堂的高塔俯瞰城市。如果有火情，就需要敲钟报警。以后我就是安德鲁·科沃斯基，克拉科夫城的市民，教堂的吹号手了。"

"刚才那个人说每隔一小时要吹一次号，你整晚都要待在塔楼上吗？"约瑟夫接着问道。

"嗯，"安德鲁说道，"夜间工作正适合我们现在的境况。至于你，儿子，因为你在乌克兰已经跟着我和你的老师学了一些知识，神父把你安排进了大学的预科班。但是你知道的，在克拉科夫城内，有人觊觎我们家的宝物，在学校里，你就算很快能和周围的男孩打成一片，也要万分小心。过段时间我给你买些新衣服，这样你看上去就和克拉科夫城内其他男孩没什么两样了。

切记切记,不要再告诉别人我们家的事,你叫约瑟夫·科沃斯基,是个普通的波兰男孩。"

就这样,安德鲁先生变成了科沃斯基先生,圣母玛利亚教堂多了一张新面孔,而约瑟夫即将进入克拉科夫的学校继续他的学业。

安德鲁话音刚落,楼梯那边就响起了脚步声,随后埃尔兹别塔跑进来,像小鸟似的扑进了安德鲁太太的怀里。"我们会在这里快乐地生活下去的,"安德鲁太太很喜欢这个孩子,"漂亮的埃尔兹别塔也需要母亲的爱。"

埃尔兹别塔笑着看向安德鲁先生,她漂亮的眼睛让安德鲁的脸充满了温情,安德鲁不由得吻了一下女孩的小手。

"叔叔说您要当吹号手了,"女孩说,"我之前晚上睡不着的时候,总是会听教堂的号声。以后我知道是您在吹号,就不会感到孤独害怕了,听着号声,我肯定能安心地睡着。"

"我感觉自己又多了一个孩子,"安德鲁笑着搂住埃尔兹别塔和自己的儿子,"我真幸运!"

· 第六章 ·
吹号手的塔楼

圣母玛利亚教堂称得上是中欧最辉煌的建筑,许多人从遥远的地方赶来克拉科夫,只为领略它的风采。今天这座教堂仍矗立在老城,红色砖墙坚固无比,两座高塔十分醒目。但是论气质,它可能比不上有飞拱、哥特式装饰,外墙饰有巨型石制滴水嘴以及雕花的瓦维尔大教堂贵气,但是它自身具有一种坚定而伟大的魄力。它不像法国的大教堂那样,有和煦的微风与耀眼的阳光为伴。它看上去就像是一座堡垒,时刻准备对抗从干旱的草原或波罗的海席卷而来的风暴。而且圣母玛利亚教堂内部的装饰精美绝伦,宛如隐藏在石头中的水晶。

搬进新家的第一天晚上,安德鲁先生就拿着铜号,带着约瑟夫去了圣母玛利亚教堂。他们走到塔楼下方,守门人审视了他们一遍之后打开去往塔楼的厚重小门,让他们进入了狭窄的楼梯。他们沿着狭窄的楼梯盘旋向上,最终进入一个平台,塔楼的主体映入眼帘。约瑟夫发现平台右侧另有一扇通向小礼堂的门,很久之后他得知,死刑犯临刑前会待在那个地方。

一个男人提着灯朝他们喊话,他是白天的吹号手,安德鲁接替他做晚间的吹号和守夜工作。安德鲁和约瑟夫站在原地等待,号手走下来后吻了安德鲁先生的脸颊,简要介绍了这份工作的职责,然后便将灯和值班房的钥匙交到安德鲁手里,并祝他们父子顺利度过第一个夜晚。男人离开后,父子俩就继续往塔顶走。通往塔顶的值班房间的简易楼梯又陡又窄,但却十分牢固,踩在上面时不会发出任何声音。

经过第五层镶有白色小水晶球的玻璃窗,最后他们终于来到了吹号手工作的地方。这片空间呈八角形,中央有一个让吹号手取暖休息的小房间,其他部分都是开放的,可以透过窗户向外眺望。墙上除了有备用的铜号,还有连接着大钟的绳子,报告火情的灯和红旗。

吹号手需要监视城里城外的军情和骚乱,但他们最主要的职责是监视火情。克拉科夫的建筑多是木质的,即使用了石料,也是用茅草或软木头做房顶。多年以来,这座城市饱受火灾之苦。如果吹号手发现火情,就需要在对应方向的窗口上挂上红旗;如果火灾在夜里发生,就需要挂上灯。

钟则是为了预防威胁市民生命安全的险情准备的，不久前，吹号手就为了提辛斯基一家的生命安全而敲响警钟。明年，带头暴乱的四个人的死刑也将在塔楼下方的广场执行，到那时也要鸣钟。这座塔楼可以称得上是城市各项活动的中心场所。

安德鲁先生用钥匙打开了门，和约瑟夫一前一后走进了休息用的小房间。房间面积不大，但出奇的舒适，除了有桌子、三把椅子，还有一个小炉子和一张床。一个点燃的烛灯挂在墙上，让他们能够看清这些因为空间狭小而挤在一起的家具。除此之外，桌上还有一个巨大无比的沙漏。沙子从中间的小开口向下端的玻璃球里流。沙漏里的沙子流完需要十二个小时，上面的标记是制沙漏的工匠在沙漏尚未完全定型时刻上去的，流到"十"即代表十点了。计时工具除了这个沙漏外，在教堂正殿，被阳光照射到的屋顶上还有一个巨大的日晷，用来核准正午时间，塔楼的北墙上有一个人手造型的钟表，它上面刻有时针，也可以用来计时。

沙子流到数字"十"时,安德鲁先生立刻走出小房间,来到开放区域,解开系在中央的柱子上的绳子。这根绳子向下绕过楼下的圆木滑轮,穿过墙上的一个小孔,最终连接到另一座较矮的塔楼上。这个小孔是防御外敌时用来射箭的。那座较矮的塔楼墙上也有小孔,这根绳子穿过小孔,连接着悬挂在大钟上方的铁锤尾端。绳子被拉动时,铁锤就会下降;松开绳子时,铁锤就会弹回原处。安德鲁先生拉动绳子——铁锤下降——咚!钟声响起;安德鲁松开绳子——铁锤弹回……他重复这个动作,一共敲响了十次钟。

敲完钟后安德鲁打开一扇窗,吹响了《海纳圣歌》。这扇窗在西边,面朝老布楼以及更远处的克拉科夫大学。吹完第一次后他又在南边、东边和北边的窗户进行了吹奏。这时夜色已深,家家都点起了灯,风中带有青草的味道。大学的方向响起唱诵圣歌的声音;格罗兹卡街的方向传来马蹄声;巡夜人用长矛尾部敲着商店大门,以确定门是否都上了锁;圣母玛利亚教堂的下方是最为安静的,白色的墓碑因为夜色而变得灰暗。夜空还带有一抹蓝色,星星依次出现,在空中闪烁起来。安德鲁的《海纳圣歌》就飘荡在这美丽的夜色中。

"多美呀。"约瑟夫说道。

"没错。"安德鲁借着此时的气氛,开始向约瑟夫讲述多年前鞑靼人攻占克拉科夫的那个故事,讲述那个少年用生命守护誓言的过程,以及后来的号手在吹奏《海纳圣歌》时在结尾处戛然而止的传统。

少年号手的故事让约瑟夫感慨万千,热泪盈眶。他深刻地体会到在这里生活的先辈们是多么英勇。他站在窗户前望着外面的风景,因想到那个年轻而勇敢的生命而鼻子发酸。但与此同时，他的心中充满了自豪感。

完成报时的工作之后，父子俩回到了小房间。

"我给你带了点东西，"安德鲁先生对约瑟夫说，"让你可以简单了解教堂号手的工作，这样万一我哪天病了或是受伤了，你就能帮我吹响号角。听完故事你应该明白了，誓言并不是随便说说的，不管发生了什么，我们都必须准时吹响号角。所以你要记好我下面画的音符。"他拿出一块木炭和一张羊皮纸，在上面画起了音符。

"我画的是《海纳圣歌》的乐谱，对应这段曲调。"他画了一阵，然后指着音符哼起了调子。

"你得学会这首曲子，这个星期你要认真学，下个星期就得熟悉到能够默写的程度。但是不要因为学曲子而影响学业，我的意思是说，让你在空闲时间学。此外，有时间就默唱《海纳圣歌》的曲调，学会调子之后就可以吹号了。小号并不难，但需要锲而不舍地练习。我会教你最重要的单音、双音还有三音，它们对于小号就像文法对于学术领域那么重要。"

约瑟夫收起了羊皮纸。

"你现在回家吧，回去之后把灯挂在楼梯口，记得把灯灭掉。你母亲现在肯定惦念着你呢。"安德鲁说。

"她不会孤独的，有埃尔兹别塔陪着她。"

"上天保佑。但不管怎么说，你还是应该早点回家，因为晚上在街上走非常危险。回去的时候尽量跟着巡夜人，如果有人问你这么晚出来做什么，你就告诉他你是为在塔楼吹号的父亲送信。"

约瑟夫听话地按照父亲所说的去做了。挂好灯之后，他摸黑走到了塔楼的大门，让看守为他打开了门。离开教堂后他就开始向家飞奔，一直跑到鸽子街才逐渐减慢速度。

奇怪的是，今天给他开门的不是老妇人，而是她没露过面的儿子。灯光照亮他的脸时约瑟夫被吓得后退了一步，因为这张脸与他想象的大不相同。听父亲说老妇人带着儿子一起住，约瑟夫一直以为老妇人的儿子年纪不是很大。然而，站在他面前的人却长了一张中年人的脸，确切地说，他长得更像怪物：瘦骨嶙峋，背驼得厉害；头发很长，几乎盖住双眼；双手很瘦，如同动物的利爪；双颊深深地凹陷，眼睛也陷在眼窝里。他提着灯为约瑟夫带路，像猫一样神经敏感地贴着墙走。

走到楼梯口时，他停下了脚步。

约瑟夫想绕过他上楼，肩膀却忽然被他的一只手按住。长指甲摩擦布料的声音让约瑟夫浑身发冷，他感觉那只手的指甲好像直接划在自己的皮肤上一样。

"怎么了？"约瑟夫紧张地问。

"我需要一点点，一点点钱。"怪物小声说。

约瑟夫毫不犹豫地给了男人一枚铜板。

"很好，很好，"怪物嘟嘟囔囔，"上天会保佑，保佑你的。等你有钱之后别忘了斯塔斯。我就是斯塔斯，我住在这儿。"他用手指着一楼的一间房间，但约瑟夫并没在意，他此时正看着四楼阁楼的小窗户——光从打开的小窗户中射出来——那一定是炼金术士所使用的阁楼，窗户一般紧闭着——这光虽然只持续了一两秒钟,但却照亮了这周围的所有东西。

"哈哈,这些人知道如何分离人的肉体和灵魂……你了解过吗?"在怪物胡言乱语的时候小窗户又发出一道光,而且这次的光更亮,持续时间更长,"他们会从地狱里召唤恶魔,使用被诅咒的火焰……炼金术士克鲁兹被恶魔奴役。而且我们这里还有一个胜似恶魔的家伙……你知不知道他是谁?"他猛地将灯放在约瑟夫的脸庞前,约瑟夫连忙后退几步。"那个学生!特林!他与恶魔做买卖,向恶魔出卖灵魂。我总是听见他半夜在屋内念咒语。他的存在就是祸害……现在我要睡觉了。好梦。"说完,他便走回了自己的房间。

· 第七章 ·
炼金术士的阁楼

怪物斯塔斯离开之后,约瑟夫立刻登上楼梯,回到了自己的小房间。躺在床上,困意袭来,他很快便忘记了阁楼的光和斯塔斯的话。第二天,他又开始为大学预科的学业忙碌,根本顾不上想这些事。可是大约一星期之后的一天晚上,约瑟夫又遇见了同样的情景。那天晚上他照例和父亲一起去了塔楼,然后自己回家。由于回来得比较早,他在露台上看了一会儿风景。

夜色很美,星光淡淡地勾勒出房顶的轮廓,红色的烟囱旁是黑色的墙。狼狗沃尔夫在约瑟夫的脚边睡觉,身子时不时扭动一下,似乎是做了噩梦。约瑟夫居住的屋子的窗户透出灯光,映出了人影——那应该是母亲和埃尔兹别塔,女孩说过今晚她要过来陪母亲。

在静谧的夜色中,约瑟夫开始思考父亲从乌克兰带到克拉科夫的那个东西到底是什么。它是一块价值连城的宝石,还是只有研究玻璃的匠人才能够设计出的别致玻璃制品?可为什么扬·康迪也这样看重它呢?为什么有那么多的陌生人想要夺走它呢?为什么在如此和平的时期,他们却要改名换姓,借着夜色的庇护艰难生活呢？谁能来回答这些问题？

咔嚓！一道强光没有任何征兆地出现，破坏了夜晚的宁静。这道光和他一个星期前看到的一模一样，但这次除了闪光，他还听到了一声充满痛苦与恐惧的尖叫声。

约瑟夫楼上的房门忽然被打开，一个白色的身影跑了出来，快速地跑下楼梯。约瑟夫发现那是埃尔兹别塔，她在睡衣外面裹了一条白色的床单。

"埃尔兹别塔！别怕，是我。"他说，"怎么回事？"

"约瑟夫，我不知道我叔叔他们在干什么。"女孩喊道。

"我还以为我母亲陪着你呢。"约瑟夫担心地说。

"本来是在你们家，但是我困了，你母亲就让我上楼睡觉了。结果我被楼上的谈话声和噪声吵醒了。"她靠近约瑟夫，想要获得一些安全感，"我好害怕啊，我觉得楼上发生了一些不好的事情。以前我叔叔不会在阁楼上过夜的，结果那个叫特林的学生来了之后，我叔叔就变了，他整夜待在阁楼上，也不回家陪我了。我好害怕，约瑟夫，我觉得那个特林是个坏蛋。"

"我也有同感，他看上去很邪恶。"约瑟夫说。

"特林身上有一种能够蛊惑他人的力量，"埃尔兹别塔接着说道，"我叔叔自从认识他之后真的变了很多。"

约瑟夫想了想，问道："今天晚上你都听见了什么声音？"

"巨大的跺脚声把我吵醒了，醒来后我就听见叔叔在阁楼上说，'不可以，会死人的'。然后那个特林就开始发出恐怖的笑声。之后阁楼就安静了很长时间，直到我即将睡着的时候，我又听见了一个声音——我从未听见过的声音,很像我叔叔,但语调却像个陌生人。我吓坏了,不知道那个人到底是谁……最后,阁楼上就出现了闪光,你应该也看到了。约瑟夫,你能从小窗口看看阁楼里的情况吗?小心点,只要确认我叔叔没事就好。我好担心他。"

"没问题,你先去找我母亲吧。如果实在害怕,你可以在我们家住一晚。明天我会和我父亲一起商量这件事的。"

约瑟夫敲了敲自家的门,随后直接跑上楼梯,爬到了通向阁楼的简陋木梯上。在晚上爬这个陡峭的梯子让他有些头晕,不过他还是成功来到了阁楼的露台,这里正好可以透过打开的窗户往里看。窗户的玻璃由一个个未抛光的小圆块组成,幸亏它开着,否则约瑟夫什么都看不到。约瑟夫一边紧抓着楼梯,一边将脚踩在最上面的台阶上往窗户里面看。这样如果有人发现他,他就能以最快的速度逃跑。

阁楼里的景象震撼了约瑟夫:天花板上吊着四个盛有油的铜盆,每个盆中都燃烧着火焰。为了不烧着房顶,铜盆上方放有相互间隔的金属板。另有一个铜盆挂在约瑟夫所在的窗户旁边,里面没有东西,但之前的闪光就是从这里面发出来的。炼金术士向盆里的木炭丢了一把粉末,粉末快速燃烧,发出了之前看到的光。

约瑟夫的目光从铜盆上移开,开始观察阁楼里的其他东西。阁楼比他想象的要高,空间很大,房子的另一侧还开有几扇窗户。房间中后方放置了一个带着沉重的链条与铁锁的橱柜,里面似乎装着什么珍贵的物品。房顶的横梁刷有白漆,虽然有点倾斜,但高个子的人在里面行走不会被撞到。

穿黑袍的克鲁兹和穿皮衣的特林并肩坐在房子的正中间,围着一个用三脚架支撑起来的铁锅。铁锅里不知道在烧什么东西,燃烧的东西正散发着一股刺鼻的味道。

"我做不下去了,"约瑟夫听见克鲁兹这样说道,"你提议的实验方法很有吸引力,但我不擅长这个研究方向。我是一个炼金术士,主要研究的是物质相互作用的原理。我只懂得如何把醋、糖和小苏打混合起来,创造出一种新物质;如何将铅、铜、银熔化并将它们掺在一起,产生化学反应从而生成一种新的金属。"

"物质间的相互作用不是也与天象有关吗?"特林问道。

"我也解释不清楚。我知道月亮的位置会影响潮汐,天体运动会影响四季的变化进而影响耕种,但我不清楚天象是否会对其他事物产生影响。况且我不是占星师,天象如何影响世界万物是占星师研究的课题。"

"难道星星不会影响人的命运吗?"

"让魔法师和巫师给你答案吧,他们估计也知道把猫爪、死人手指和猫头鹰眼睛炮制在一起有什么效果。"

"可是你不是也在研究长生不老的方法吗?"特林追问道。

"不,我没有。我对此很好奇,因为我认为如果万事万物的生命进程都有规律,那么只要逆转进程,人就有可能返老还童,重返青春,但我也并不像那些庸人一样渴望重活一次。"

"那你觉得点石成金是有可能的吗?"约瑟夫发现特林在提到这个问题时神态明显激动起来。他的眼中闪烁着贪婪的光,拳头也握紧了。

"很多人都在寻找点金石,他们认为有一种具有魔力的东西能让万物变成金子,就像希腊神话中酒神赐予米达斯国王的魔法那样,"克鲁兹回答,"不过对我们这些学者而言,重要的是点石成金的过程,而不是一块块石头。"

"原理是什么呢?应该怎么做呢?"特林前倾着身子,想要得到答案。

"世间万物都有自己的属性,睿智的阿基米德早已发现,不同物体被扔到水里,溢出的水量会有很大差异。黄金和铜是两种不同的物质,火、水、气、土和其他元素在一定条件下都会使它们改变。火会让物质熔化;水可以改变物质颜色;气可能会让物质变硬或变软;土让物质变黑。如果能弄明白黄金和铜之间的不同特点，那么将两种物质相互转换就是有可能的。"

"你为何不去探索两者的不同特点呢？"

炼金术士深深地叹了一口气，然后答道："因为我有其他想做的事，我虽然是炼金术士，但我还对物质和精神的关系这一问题感兴趣，我想知道生命是否是一种物质，人与人的差别和物与物的差别有何不同；我想知道大地与天空的奥秘；我想知道灵魂的构成，也想知道拯救有缺陷的灵魂的方法。如果可以的话，我也想知道天体的运行规律，想知道为什么星星会眨眼，为什么海上会有风暴。这是上天赋予我的使命，我应该去探寻光明与真理。"

特林趴在克鲁兹耳边说了几句话，虽然声音很小，但约瑟夫还是听清了他所说的话。

"克鲁兹先生，你真傻，你是当今最睿智的学者和炼金术士，却浪费时间追求这些无用的东西。"

"你在说什么？"

"你知道我的目标，而且我们已经开始做这些实验了。"

"我明白，但我还是不能下定决心，因为我并不能完全接受你的建议。不过在那些方面你的确很有造诣，我还得向你学习。是你将我带进了一个全新的领域，让我见到了之前从未见过的事情，这足以证明你的了不起。但这种吸引人的实验也潜藏着危险，纽伦堡和黑林山的偏远地区可能有人大胆做过尝试，但在克拉科夫，我们还是得谨慎一些。"

炼金术士望着跳动的火焰，特林坐在一旁，用一种居高临下的眼神看着他。此时的特林看起来就像是一个在蛊惑炼金术士的恶魔，他那邪恶的眼神让约瑟夫后背起了一层冷汗。

但特林很快收起了那副表情,他对炼金术士说:"克鲁兹先生,在纽伦堡老镇,我的老师告诉我人有两个大脑。有一个大脑更聪明,更有力量,但只有在睡眠状态时它才会发挥作用。而另一个指挥我们吃饭睡觉的大脑一直处于活跃状态,但相对没那么聪明。"

"嗯,你已经证明了这些事。"炼金术士说道。

特林强硬地说道:"那你怎么不赶快使用你更高级的那个大脑?"

"用它干什么?"

"用它获得人人想要的金子!"

特林将每一个字都咬得极重,听起来让人毛骨悚然。

"我不那么看重金子。"炼金术士说。

"重要——它很重要——它肯定是重要的!"特林并没有放弃他的野心,"你根本不知道它的力量,点金术会让我们成为帝王,住在最华丽的宫殿里,拥有数不清的奇珍异宝,我们可以随意去欧洲各国游历,掌控所有军队。"

这一刻,特林因为自己编织的美梦而忘乎所以了,但是他很快就意识到自己的话没有打动炼金术士,因此他改变了策略:"想想金子对一个炼金术士来说有多重要吧。难道这个破阁楼就让你满足了吗?你用的工具太简陋了,你研制新物质,探究物质之间转换法则的进度都被它束缚住了。点金术若是成功,你就会成为波兰乃至全世界最了不起的炼金术士。你将会拥有十几个阁楼那么大的房间,房间里将会配齐研究所需的一切工具和材料。什么珍贵石材、罕见金属……应有尽有!这难道没有吸引力吗?"

这一次，炼金术士心动了。他的声音因为自己所想象的画面而变得激动："的确，我们这些清贫的学者都渴求好的研究环境、丰富的实验材料。你相信我，那个更聪明更有力量的我，能够把普通金属变成黄金吗？"

"当然！"特林几乎要一跃而起，"只要你别再做个书呆子，一门心思研究你的课题，你一定能做到的。金子！金子！人人都喜欢金子！没有钱何谈成功？那些号称有高尚目标的人们实际上一事无成，甚至有时候是在自欺欺人。想想有了金子之后你能为你的侄女做什么，为你的学生做什么，为克拉科夫大学做什么。克拉科夫大学会成为整个波兰乃至全世界范围内最伟大、最具吸引力的地方。"

炼金术士沉默了。虽然约瑟夫是个涉世未深的小孩子，但是他能够感觉到，克鲁兹已经被特林蒙蔽了心智。现在他开始顺着特林的逻辑想事情，认为自己的生活困顿失意、缺乏成就，只要他能够抓住眼前的机会，就能不费吹灰之力地做出更好的研究，改变所爱之人的生活。他开始幻想，开始做梦。以前他是一个理想主义者，一心追寻真理——没错，那就是他，一个无趣的老学究！

克鲁兹彻底相信了特林的话："你是对的，如果我们掌握了点金术的秘密，就能拥有黄金，实现自己的愿望。我可以救济穷人，帮助病人，让整个波兰都不受贫困之苦。对，这是一件高尚的事。你今晚要不要把我催眠，再进行一次实验？"

"不了，"说服炼金术士之后，特林并不着急，"今天太晚了，两次实验的间隔还是长一些好。明天晚上，我们再做尝试吧……不过，今晚你被深度催眠时，一直大喊着，魔法师、占星家、炼金术士百年间的梦想即将成真，这让我心潮澎湃。我觉得你马上就会有突破性进展了。"

"可惜我没过多久就清醒了。"炼金术士叹息道。

"对啊，真倒霉！如果你的侄女没在楼下尖叫，你估计已经弄清楚那个秘密了。"特林说道。

"埃尔兹别塔？她怎么了？"

"你被催眠的时候似乎有些恐惧，叫喊着身边的恶魔要杀了你——几乎是在尖叫，然后你又含糊不清地说了一些话。"

"我回答埃尔兹别塔了吗？"

"没有，喊完那句有关秘密的话之后你就睡着了——真正地睡着了。我问什么你都不回答。"

"我的确很困。"克鲁兹揉了揉眼睛，然后又好奇地思考起来，"会有什么进展呢？这里好像没什么宝物，一楼住着老妇人和她疯疯癫癫的儿子，二楼住着三个逃难者，他们刚刚搬进来，对面住的是你与两个穷学生。谁会有宝物呢？唉，今天就到这里吧……"

听到两人即将离开阁楼，约瑟夫以最快的速度爬下了楼梯。

第八章
纽扣脸彼得

秋天来了，已经过去的酷暑让维斯瓦河的水位下降，变得像一条细丝带。绿叶变成黄色，候鸟准备南迁，大草原上运货的马车变多了，波兰各地的粮仓都堆满了粮食和干草。集市上尽是刚刚收获的果实，除了红彤彤的苹果，还有黄灿灿的小南瓜、晚熟的卷心菜……不仅如此，在这个时节，克拉科夫的天空是全世界最蓝的，阳光是全世界最灿烂的。

到收获的时节了，约瑟夫已经学会了整首《海纳圣歌》，并能够吹奏其中的片段。有一天晚上他还在圣母玛利亚教堂的塔楼上吹奏了一次，当时西面、南面和东面的窗口是安德鲁吹奏的，轮到北面窗口时，安德鲁将铜号交给了约瑟夫。

出人意料的是，埃尔兹别塔的乐感比约瑟夫还要好，她不仅记住了乐谱，能哼能唱，还能将《海纳圣歌》的谱子完美地默写下来。

这天晚上，埃尔兹别塔又跑下楼找安德鲁太太——因为叔叔沉迷于与特林做实验，她成了二楼的常客。

约瑟夫也在家，他忽然想起了什么，兴奋地和女孩说道："我马上就能一个人吹奏《海纳圣歌》了，并且独立吹完四个方向！"

埃尔兹别塔习惯性地用手托着下巴，这表明她现在很严肃："我会认真倾听的，听《海纳圣歌》可以使我安心，因为我半夜醒来的时候，房间总是只有我自己。约瑟夫，我感觉我叔叔着魔了。"

"着魔？怎么回事？"

"我不清楚，他的性格发生了很大变化，但他还保留着理智，并且和以前一样聪明，可是他现在完全不关心我和其他朋友，只关心阁楼里的东西。而且那个叫约翰·特林的人……"

"我记得他。"约瑟夫答道。

"就是他每天晚上和我叔叔一起待在阁楼里，他们一做实验就做很久。有时候我还能听见我叔叔在痛苦地喊叫，我让你帮忙上楼偷看的那个晚上他也发出了那样的声音，你应该听到了。"

"我把我那天看到的和听到的一切都告诉了我的父亲，"约瑟夫有些抱歉地说道，"但我的父亲让我不要管别人的事，并且不要再去偷听了。我父亲说你的叔叔心地善良，而且头脑聪明，应该是在做伟大的研究。"

"可能吧，"埃尔兹别塔遗憾地说，"但我喜欢以前的他。"

从那之后，埃尔兹别塔越来越像是安德鲁家的一员，每天下午她就会到楼下去做针线活，时而和安德鲁太太聊天，时而哼着小曲。傍晚约瑟夫放学的时候，她会和约瑟夫一起到街上散步，如果有新来的商队、露天表演、过路的士兵队伍或是商会的游行，他们便驻足观看。有时他们也去郊外游玩，

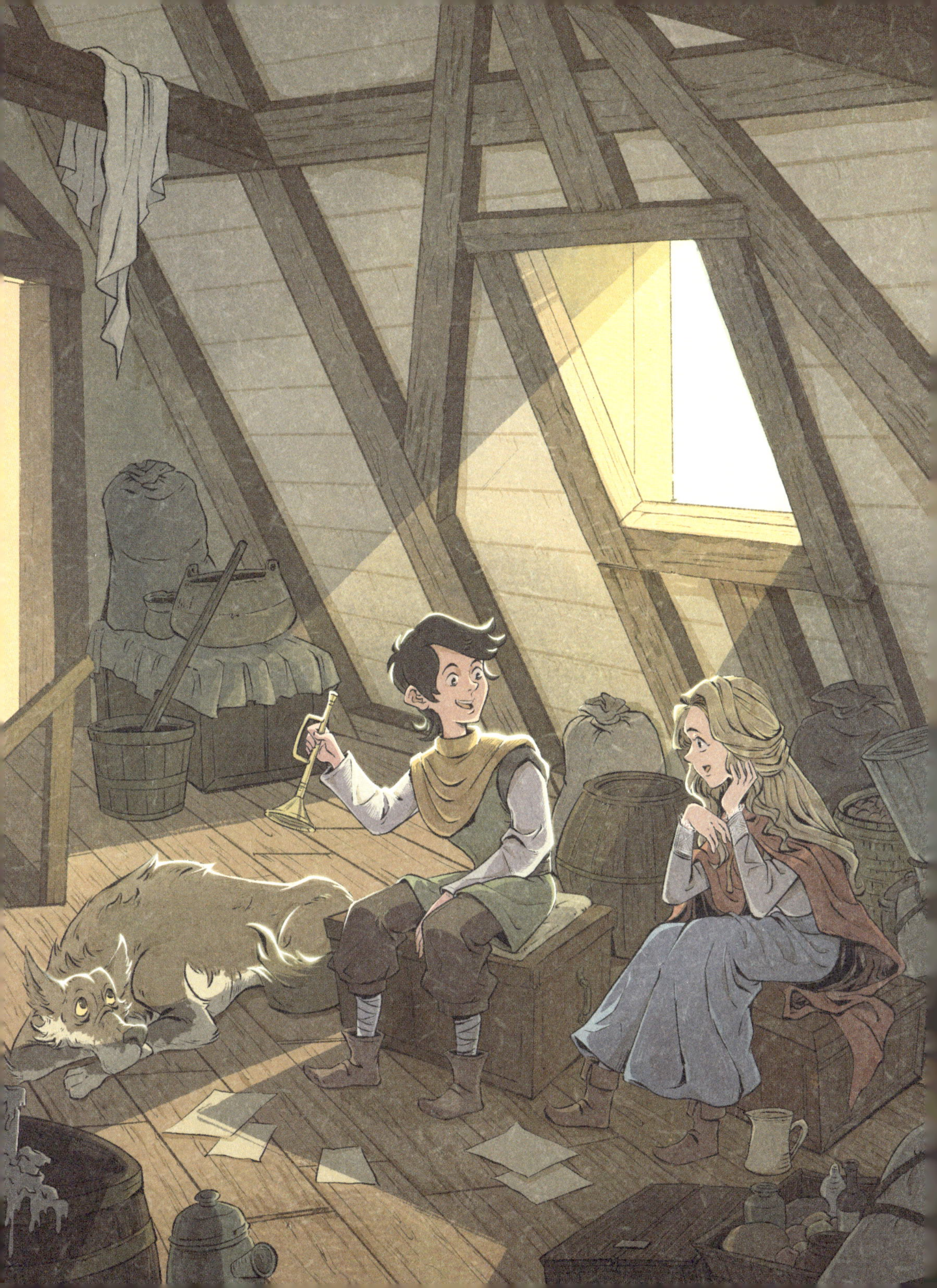

不管走到哪里，狼狗沃尔夫都会跟在他们身边。他们曾去过犹太城市卡兹米日，从横跨维斯瓦河的桥到达斯加尔卡的教堂。他们也曾登上葬有老国王克拉库斯的高地，站在那里，整座城市都能被收入眼帘。他们还去了很多这样的地方，每一天的旅程都非常充实且愉快。

有一天他们来到了圣母玛利亚教堂，他们得到守门人的允许后从小门进入，一直爬到了号手的房间。此时白天的吹号手还没下班，看到埃尔兹别塔来参观塔楼，年轻号手高兴地为他们讲了有关这座教堂的许多传奇故事。

下一轮乐曲需要由值夜班的号手吹响，约瑟夫拿起了父亲的铜号，对女孩说道："我一会儿就要吹奏《海纳圣歌》了，这可是我第一次连续吹四次，你记得认真听，看看我有没有哪个地方出错。"

"我会认真听的。"

"要是我吹错了一个音符，我头上这顶帽子就归你了；如果错了两个，沃尔夫就是你的了。"约瑟夫笑着说，这时，一个孩子气的念头忽然出现在他的脑海，"要是我完整地吹完整首歌，没有像往常一样突然地终止，你就赶紧让扬·康迪神父召集卫兵，这个信号代表我出意外了。"

"什么意思？"约瑟夫有几分玩笑意味的话让埃尔兹别塔严肃起来。

"你听说过《海纳圣歌》的故事吗？"

"听说过。"少女回答。

"鞑靼人入侵的时候号手坚守岗位，用生命履行誓言，吹响了号角，一直坚持到生命最后一刻。"

"是的……主人公很勇敢。"

"所以如果某天晚上,鞑靼人或者十字军再次来袭,我要是独自一人在塔楼上值班,远远地看到他们冲过来。听到代表战争的喧嚣声,我该如何发出警报呢?因为我不能离开这里,所以我必须让别人帮我报信。既然现在的《海纳圣歌》会在最后中断,在结尾停止,我的暗号就是不中断音符,而是吹完整个乐曲。"

"好呀!"埃尔兹别塔睁大了蓝色的眼睛,脸颊兴奋得红扑扑的,"要是我听到你吹完《海纳圣歌》,我就去找神父。"

"嗯,我从塔楼上瞧一瞧克拉科夫吧。"约瑟夫没有继续说下去,因为他刚才只是在说笑,随口定了个暗号。但是埃尔兹别塔却把它当真了,因为她觉得约瑟夫把自己当作他最亲密的朋友。

他们从一扇窗子向外望,看到了右侧的圣弗洛里安街,以及城内的两座新建的塔楼,克拉科夫的每个商会都负责着一座塔楼,负责对塔楼进行日常修缮,当战争爆发的时候,他们需要组织人手站在塔楼上守城。靠近弗洛里安城门的这两座塔楼分别由工匠商会和裁缝商会负责。在圣母玛利亚教堂和塔楼之间还有好几座宫殿,卫兵都驻扎在宫殿中央的露天围场里,他们有的正在执勤,有的正在玩闹,有的用顶端包了铁皮的木棍敲对方的脑袋,有的抽出佩剑互相比画,还有的用弓箭射绑在长竿上的鸽子。

圣母玛利亚大教堂的正下方是集市,虽然已经是黄昏时分了,但这里还是有很多人在买卖商品。在老布楼拱廊下面的摊位上,人们耐心地选购从其他地方运来的刺绣品、花边布和丝绸;老布楼后面是市政大厅的高塔,两个倒霉蛋正被游街示众,一群顽童向他们身上扔着泥巴和烂蔬菜。往左侧看,他们看到的是圣方济各教堂的塔顶，紧接着他们又从南面的窗口向外望，从那里能够看见圣安德鲁教堂的双子塔，以及远处因夕阳的照射而变得金碧辉煌的瓦维尔城堡。

他们离开塔楼时集市广场上满是高大建筑暗蓝色的影子，不远处的宫殿的影子层层叠叠，穿黑袍的学生和教师们则像是会移动的影子。广场上的所有人都以不紧不慢的步伐朝着一个方向走，约瑟夫和埃尔兹别塔也开始跟着人群向前。

穿黑袍的人越来越多，约瑟夫和埃尔兹别塔费力地冲出人群，才抢到一个视野良好的位置。他们站在圣安街的一栋宿舍楼前面，楼前有一片草地，草地的正中央是克拉科夫大学的创办者卡济米尔大帝的雕像。吸引如此多的学生和老师的就是站在雕像底座上的那个人——他身穿文学硕士长袍，斜靠石质王座，正在用拉丁语进行演讲。

"我今天正好听说了关于这个人的事，"约瑟夫对埃尔兹别塔耳语道，"他是一位来自意大利的知名学者，来这里是为了传播大师的作品与他自己的创作，他提及的大师包括但丁和彼特拉克。他认为新学是未来的主流，被黑暗长时间蒙蔽的人们只有用母语书写并学会自我思考，才会让野蛮的时代画上句号。"

"你能听懂他在说什么吗？"

"我大概可以听懂。他在说拉丁语，学校的老师、学者和牧师也都说拉丁语。八岁时父亲给我请了拉丁语老师，我一开始不太喜欢这种语法烦琐的语言，不过当我知道拉丁语能够让我了解世界，开阔眼界，我就对它产生了兴趣。我在学校的课程也都是拉丁语教学，要是我也能流利地讲这门语言就好了，不过庆幸的是，我能听懂一大部分内容。"

"这位意大利学者为什么不在大学中演讲呀？"

"有可能是因为他的演讲或多或少地带有争议性。学校的很多老师讨厌所谓的'新学'，固守伟大的亚里士多德的教学方法。然而不可否认的是，几百年来我们用的都是拉丁语的译文，而不是希腊语原著。可大多数老师仍不愿意轻易改变自己的教学方式。"

与此同时，意大利学者正在用拉丁语朗诵自己的作品。等到这位学者朗诵完，一名波兰学者立刻在欢呼声中登上雕像底座，开始用波兰语朗诵自己的诗歌。

"他们为什么不统一用波兰语朗诵？这样这里的人就都能听懂了。如果我是个诗人，我就用大家都会的语言写诗，我要描述当地的鲜花，描述塔楼里的号手，描述瓦维尔城堡背后的蓝天。我觉得新学棒极了。"埃尔兹别塔说道。

约瑟夫不知道说什么，只好微笑地看着她。

"还有，"埃尔兹别塔接着说，"女人凭什么不能和男人一起学习？你们能读的作品，我也想读。"

她严肃地说着这些话，并且句句在理。约瑟夫一开始只当作玩笑，但因为埃尔兹别塔态度严肃，他也认真了起来。

"你说得有道理，"约瑟夫说道，"我也不知道为什么男人能读书，女人却不行，不过我确实从未见过女人上大学。"

当他们走回鸽子街的时候,并未注意到有人在暗中窥伺他们——那两人躲在一栋房子后面,悄声说着话。这两个人身高都不高,其中一个人严重驼背。

"嘘……那个男孩就是我们要找的人。"驼背男人将又细又长的手指竖在嘴前面,示意同伴噤声。

另一个人非常诧异,连忙问驼背男人:"他是哪一天住进去的?"

那个驼背男人不是旁人,正是那个长得像怪物的斯塔斯,他准确地告诉了对方约瑟夫一家入住的日期。

"没错,就是他,"另一个人神色激动,"之前他看上去就是个脏兮兮的乡下男孩,现在他换上天鹅绒的衣服,戴上学生的帽子,倒像个贵族少爷了,但是他的身形没怎么变。他住在你家楼上,是吗?"

"对,他们一家姓科沃斯基。"

"嘿,我可知道他们姓恰尔涅茨基……你听好,看见这枚金币了吧?货真价实的金子。这金子现在归你了。"

被给予金币时,斯塔斯差点就惊叫出来了。

"但这是秘密交易,你不能告诉别人。现在带我去他们住的地方,我保证,事成之后我还会给你金子的。"

他们一路尾随约瑟夫和埃尔兹别塔,最终来到了约瑟夫一家住所的大门前。

"就是这儿了。"斯塔斯说。

"好!接下来的这段时间你盯紧他们家,有异常情况立刻向我汇报,我每天下午三点在金象旅馆。来的时候别说要找我，也别向其他人透露信息。要是今晚你能用灯照亮那个男吹号手的脸将他仔细观察的话，我另外多给你一些金子。听明白了吗？"

在巨额奖赏面前，斯塔斯完全不糊涂，他高兴得肩膀一耸一耸的。走进院里后，他马上溜进了自己的房间。

另一边，那个慷慨地给了斯塔斯一枚金币的人也回到了旅馆。他在桌前坐下，思绪飞转："真是太幸运了，如果我在大街上遇到了安德鲁家的儿子，估计会认不出来他。幸好斯塔斯说男孩的父亲只在夜里出门，才让我对此产生了怀疑。要不然我根本不会将这个男孩和许多个星期前放跑我的马的乡下孩子联系到一起。"

没错，这个偷窥者就是那个"斯蒂芬·奥斯特洛夫斯基"。

"那天之后我就再也找不到这家人了，"这个人继续想道，"他们就好像从世界上消失了一样。我找到了克拉科夫其他的姓恰尔涅茨基的人家，但都不是他们。我几乎要放弃了——这相当于放弃城堡和黄金啊！因为伊凡答应会给我回报，我甚至回乌克兰找了一圈，我的手下现在还在乌克兰搜寻他们的踪迹呢。不过在一些信息的指引下，我又回到了这里。"

他忽然拍了一下桌子，语气凶狠地自言自语道："大家都叫我博格丹·格罗尼兹，坏蛋博格丹，但是坏蛋也有头脑。今天的幸运预示着我最后也能成功。等拿到那件宝物之后，我就要洗刷屈辱，让那个波兰人付出代价。"一想到那天在城门外被摔到泥潭里的情景，他的眼中就开始燃烧仇恨的火焰。

这个时候他注意到了一个头上绑着脏绷带的乞丐,当乞丐一桌桌乞讨,最后来到他身边的时候,男人扔给乞丐一枚硬币:"你来迟了。"

"抱歉,主人。我当时觉得我会有所发现。"

因为觉得自己要挨打了,乞丐说话时瑟缩着,但男人却没有责怪他:"没事,已经有发现了,今天晚上你抓紧时间,以最快的速度到塔尔诺夫召集兄弟们,将所有正在搜捕的兄弟们都带过来,这可能需要三个星期,但是,一定要赶在初雪之前集齐人马。"

乞丐得令之后就又和原来一样蹒跚地走了出去,进入市场西边的一条街后他猛地蹿到一座房子后面,扔掉绷带,健步如飞地走向莫吉列夫路的城门。

他赶在夜间换岗前通过城门,然后便稍稍放慢了脚步。最后他走到了一间小农舍,并在马厩里找到了自己的马。策马过桥之前他和农舍的主人说了一个词,主人通过这个词就知晓了他们的整个计划。

旅馆里的博格丹仍然坐在原位思考:"我果然没看错那个驼背杂种,之前他在这里和乞丐聊天的时候我就注意到了他。我请他喝了一杯酒,然后就套到了新来的吹号手只在夜间出门的消息,还有他们一家人到达这里的日期……我确信我没有看错人,而且今天晚上斯塔斯会在号手出门的时候拿灯照亮他的脸,我将躲在一旁确认看看他们是不是那家人,等我的人手一到,一切就都结束了。"

他的脸因为激动的情绪而发白,使他那块纽扣形的红疤更加明显。

"不知道尊贵的安德鲁先生到时候会是怎样一副表情!"他被自己的想

象逗笑了,"他当时怎么没发现我是博格丹·格罗尼兹呢?在乌克兰,人人可都知道我纽扣脸彼得的大名。也许是我的假姓氏用得好吧,奥斯特洛夫斯基可是个尊贵的姓氏,我在海乌姆时姓奥斯特洛夫斯基的人把我当奴隶使唤。"

博格丹没有夸张,乌克兰人叫他纽扣脸彼得,哥萨克人叫他格罗尼兹或者坏蛋。无论用哪个名字,他的存在都让人闻风丧胆。博格丹的母亲是鞑靼人,父亲是哥萨克人,过去十年边境上的所有恶行都少不了他的身影。他在乌克兰还培养了一群忠心的手下,只要他一声令下,这群手下就会和他一起烧杀抢掠。

有时候一些来自波兰、莫斯科等地的大人物也会找他,雇佣他做一些见不得人的勾当,鞑靼的大汗也曾指使他到金帐汗国完成任务。

在这个时期,乌克兰并入了波兰的版图,但莫斯科大公国的伊凡大公却一直想要夺取这片土地,因为这里曾经是俄国的中心。在这种背景下,很多像坏蛋博格丹这样的人为了利益杀人放火,很多像安德鲁先生这样的普通人没有做错什么,却被时代的狂风摧毁了平静的生活。

然而,安德鲁一家并不知道危险即将到来,仍然平静地享用着晚餐。

第九章
纽扣脸彼得的袭击

十一月的波兰被称为"落叶月",天气已十分寒冷。为了抵御冬天的严寒,乡下的穷人们会在此时开始改造他们的木屋。他们先是在墙抹上一层厚沙子,用土、树枝和石头修补墙上的裂缝,然后开始储存木柴和炭,以及菜干、蘑菇干和香肠这些干货。这个月份鹅和猪还散养在外面,但过不了多久它们就得关进屋养着。天气还不太冷的时候,人们挤在"白"房间或小房间里,但若是雪盖上屋顶,树枝被积雪压得折断,人们就不得不和牲畜一起睡在宽敞的"黑"房间里了。"黑"房间有取暖用的开放壁炉,但为了保暖,这壁炉并没有能够持续排烟的烟囱。

在城市里,大多数人家用开放壁炉取暖,少数富人会使用意大利风格的壁炉。第一场霜冻降临的时候,人们开始生火,男孩们会拿着煤球兴奋地乱跑。而圣母玛利亚教堂塔楼上的吹号手则迎来了一年中最辛苦的时期,他们需要一刻不停地关注城市的房屋,如果有火苗蹿起,他们就得第一时间拉响警报。消防队员们也时刻待命,如遇突发火情,他们会立即出警来灭火。

十一月临近结束的时候,克拉科夫飘飘扬扬地下了一场小雪。安德鲁先生顶着小雪去塔楼值夜班,他独自走在黑漆漆的街道上,回顾自己开始走向正轨的生活:儿子成绩很好,妻子非常快乐,号手的工资足够养家糊口。唯一令人不满意的就是他还没有得到觐见国王的机会,他想早日把宝物献给国王,可国王现在时而处理有关对抗条顿骑士团的事,时而去维尔纽斯或者狮城利沃夫,在克拉科夫停留的时间很短。而且就算国王在此停留,安德鲁先生也很难见到他,因为还有很多人想要见国王,如想要献上波希米亚皇冠的捷克使者、想要与国王签订条约共同对抗胡斯派的条顿骑士团、意大利学者,以及其他有钱有势的人。

但安德鲁先生并不怎么为此担心,因为扬·康迪已经在夏末呈上了一封请愿书,让国王答应回克拉科夫时第一时间接见他,安德鲁先生只需跟着他一同觐见就好了。至于宝物的保存问题,安德鲁先生觉得自己将它藏得很好,不会被其他人找到。

安德鲁先生外出几小时后,院门被敲响了,斯塔斯走去开门,习惯性地用灯照亮对方,但他还没看清是谁,脸上就挨了一巴掌。他被打得栽倒在雪地上。

"你下次要是再将灯举到我的脸前,就别想要你的脑袋了,"来访者命人捡起灯,把斯塔斯拽起来,嘟嘟囔囔地说,"我要是被人认出来,或者被巡夜卫兵抓住了可怎么办?我被抓了,你也得跟着一起完蛋。为了保住你自己的小命,管住你的嘴。事情准备得怎么样了?"

"准备好了。"斯塔斯委屈地答道。

"楼里都住着谁？"

"嗯……男孩和他的母亲现在在二楼，顶楼住着一个男人，还有他的侄女。"

"住在这里的学生呢？"

"他们现在在匈牙利学生宿舍里研究学术，通常天亮时回来。"

"真不错！我们可以放开手行动了。对付这些人的话十二个人足矣，四个人去二楼，四个人控制闲杂人等，四个人守门。这样即使有卫兵过来，我们也不会受到影响。"

"楼梯在这里。"

"我要找的人在几楼？"

"在二楼。"斯塔斯为来访者带路，楼梯的晃动让来访者有点不放心。

"别走那么快，"来访者轻声说，"楼梯不太结实。"

这个时候狼狗沃尔夫开始吠叫。

"什么？你没说过院子里有狗！"

"别担心，它被锁住了。"斯塔斯满不在乎地说，"给我金币吧。"

"给你！"

一进门斯塔斯就注意到对方将金子藏在大衣下面，带路的这几分钟里，斯塔斯被贪念折磨得就像百蚁噬心那样难受。一接过金币，他立刻在黑暗中数了起来。

"只有这些？"

"那就再多给你一点！"跟在斯塔斯后面的男人被这句话激怒了，反手上去捏住了斯塔斯的脖子，斯塔斯像一条离开水的鱼一样用力挣扎，但男人的手死死钳住了他，让他根本无法挣脱。

"别再对我摆出那种姿态！"男人最后还是松开了手，"否则我马上就让你去天堂或者地狱报到。听好了，我再说一遍——事成之后我才会给你双倍酬金，要是你对我说谎，或者让我无法办成我想办的事，你不仅得不到金币，还会受到你无法想象的痛苦。"

斯塔斯哪里再敢节外生枝，只能一声不吭地下了楼。

男人也跟着下了楼："记好了，我们在两点的钟声响起时到这里，你只管把我们放进来，不要管其他事。"

两人鬼鬼祟祟进院的时候，炼金术士克鲁兹恰巧在阁楼里。他正准备着开始下一项实验，忽然听见了沃尔夫的叫声。

那只狼狗为什么叫？它从不对这里的住户乱叫，院子里应该出什么事了。

克鲁兹这样想着，盖上了灯，开门向下望去。

他的所见所闻立刻证实了他的猜想。他听见了两个男人的交谈声和楼梯的响声。然后一个黑影趔趄了一下，痛苦地发出尖叫。克鲁兹听出来了，那是老妇人的怪物儿子斯塔斯。

斯塔斯和那个陌生人说了几句话后，两个人又走下了楼梯。克鲁兹探着身子努力去听，听清了陌生人说的最后一句话。

似乎要有麻烦了，斯塔斯应该是和某个坏蛋勾结在了一起，要放这些人进来作乱。克鲁兹关上门，点亮灯，仔细思考起来。那个打了斯塔斯，又给他下命令的男人是谁呢？斯塔斯为什么要听他的话？他听到了这些秘密又该做些什么呢？

克鲁兹一开始想要联系夜巡队，但最后他又觉得事情没那么严重，而且即使有麻烦发生，他也有能力去处理。他正要进行的实验步骤复杂，要求苛刻，因此他很快就又专心投入了实验当中。最终克鲁兹成功做完了这项实验，并且详尽地记录了实验过程和数据。当一切重归寂静，他又想起了刚才院子中所发生的事。

克鲁兹忽然从椅子上跳起，将两个火盆烧热，在第一个火盆里放入橡胶，在第二个火盆里倒入某种液体。过了十五分钟，他停止加热这两个火盆，并将火盆中的物质混合。最后他把混合物用刷子涂在了挂在一旁的长袍以及自己做实验的防毒面具上。因为有橡胶，混合物很容易就黏附在了这两样东西表面。

"涂了磷之后，我便会比天上的任何星体都亮。"他喃喃自语道。

刷完长袍和面具后，他又瘫坐在椅子上，仔细回想起今天所发生的事："那个陌生人停在二楼，估计是盯上了安德鲁先生一家。他们家发生了什么事？为什么要隐姓埋名？这家人似乎没什么钱，但心肠很好……因为他们的到来，埃尔兹别塔感受到了母爱，我也有了朋友。"

困意一波一波地袭来，克鲁兹的意识变得越来越模糊，他今天休息得太少了。但就在他要睡着时，圣母玛利亚教堂的大钟响了。两下钟声之后便是《海纳圣歌》，圣歌刚吹至第四遍，炼金术士就听到了楼下有响动。他打开门，趴在阁楼的窗边向外探听。

"大门吱呀一声开了，出现了脚步声，一、二、三……远远不止这些。应该通知巡夜人，但老实说，多巡夜人这一个帮手也没有什么用。算了，这是我的失误，我会努力摆平这一切的。"

楼梯开始吱吱呀呀乱响，与此同时，狼狗沃尔夫疯狂地叫起来。

"别让那条狗继续叫了！"有人压低了声音说道。听到这条命令之后，其中一个人便循着狗叫声跑向院子角落。然后，克鲁兹又听见了院门关上和铁链锁门的声音。

"斯塔斯，走着瞧吧！"炼金术士心里暗骂。

这时院子角落传来一个男人痛苦的喊叫。"哈哈！沃尔夫好样的！"克鲁兹先生心想。

被咬的人跟跟跄跄地穿过院子，说话时带着颤音："我靠近不了它！我的腿……这个畜生，我要疼晕了。"

"去三个人，把那只狗给解决了。"头领说道。

又有几个人走去了院子角落，人和狗扭打在一起，沃尔夫的嚎叫和人的痛呼听起来非常瘆人。这时二楼的门开了，拿着灯的约瑟夫走了出来。

"沃尔夫！沃尔夫！"约瑟夫喊了两声就没有动静了，炼金术士猜测歹徒应该是用手捂住了他的嘴，或者给他的嘴里塞了什么东西。

炼金术士猜对了。约瑟夫被抓住了，头上还被套上了一个布袋。

"进来！"头领喊道，"你们四个守门，你们四个稳住其他住户，其他的人，都跟我进来！"

头领拿起约瑟夫的灯，灯光照亮了他的脸。克鲁兹注意到了他脸上纽扣状的伤疤。

"他是鞑靼人或哥萨克人,这伤疤一定是东部地区的疫病——纽扣病留下来的。这么说这些歹徒并不是本地人。"克鲁兹有些害怕地想道。

克鲁兹的猜测没有错,这帮人就是恶人纽扣脸彼得在乌克兰的那些手下。彼得带着三个人走进二楼的房间,安德鲁太太尖叫了一声,然后她就被拉到了地上。因为二楼的门开着,克鲁兹能够清晰地

听到家具被破坏的声音、毯子被撕裂的声音——他们一定正在屋子里寻找什么。

"在床上找找看。"彼得说道。

他说的是较大的房间里安德鲁夫妇睡的床。这群人用长剑将床彻底破坏，在枕头和毛毯里到处翻找，最后找到了一个大包裹。

"就是它了。"彼得喊道。

彼得用剑划破层层包裹着宝物的布，碎布不断掉落，宝物露了出来。彼得拿着宝物想冲出门去，一个人却用刺耳的嗓音高声喊道："给我金子！给我金子！"

彼得猛地转过身，用灯照亮斯塔斯因为没有得到金子而扭曲的脸："蠢货！"

"给他金子！把这家伙扔给那只狗，然后随便给他点金子！"彼得怒吼道。

两个人跑过来抓斯塔斯，但斯塔斯上蹿下跳，猛烈挣扎。有一个歹徒感觉这怪物很棘手，就将他撞倒在地，其他歹徒用自身的重量压住了他，但是斯塔斯瘦长的身体在这个时候占据了优势，很快就逃了出来。但因为他肢体不太协调，很快又被倒下的桌子绊倒了。于是他躺在地上，用手抓住桌子，两只脚胡乱蹬踹，并用嘴咬人。彼得忍无可忍，放下宝物，朝这边走了过来。

眼看着歹徒们走过来要打自己，斯塔斯混沌的脑子突然获得了片刻的清醒，他挣扎着从歹徒的手里抽出一条腿，用力将地上的烛灯踢翻。蜡烛掉出去熄灭后，歹徒们陷入黑暗中，看不清东西。但斯塔斯还是慢了一步，歹徒们又重新抓住了他。

愤怒的歹徒们打算把斯塔斯从二楼扔下去，但他们的行动被楼上埃尔兹别塔的尖叫打断了。

"该死！"彼得扔下斯塔斯，"本来可以安安静静地办完事，被这个笨蛋和那女孩一叫，其他住户都被吵醒了。真是受不了，快，快，我们撤退！"

彼得摸黑走到大房间的床边，想要拿走宝物。但他还没有摸到那件东西，一道雷鸣般的声音突然炸响。随后，一道闪光从天而降，将整个院子都映成了红色。

第十章
魔鬼现世

彼得看到光之后冲过去查看情况，他看见红色火球接二连三地从上面的窗子里面飞出来，随后在半空中炸开。火光让彼得看清了周围：不管是守门的人还是站在楼梯处的人，全都缩成一团，不知所措。被抓住的斯塔斯则趁着这个机会逃走了。

彼得当然也被吓坏了，他不怕活物，却非常害怕鬼魂一类的东西。但为了维护自己的威严，他强撑着冲到三楼，打算一探究竟。但他刚跑到三楼的平台，阁楼的窗户就又飞出了一颗火球。

"下来！快下来！"彼得的手下冲他喊道。

"过来！过来！有什么好怕的？"彼得回应道。

"这是魔鬼现世！"

彼得挥剑威胁着他的手下们："你们这些胆小如鼠的蠢货，来我这里！快过来！不然在你们遇到魔鬼之前，我的剑先会让你们的脑袋搬家。都给我上来！上来！"

彼得的手下们都很怕他，在二楼的那几个人尽管非常不情愿，但还是一边祈祷着一边走了过去。

"真的不走吗？我们带着宝贝离开就好了。要是魔鬼真来了我们可怎么办？"

"做个男人吧，别畏畏缩缩的！魔鬼？哪里有魔鬼？真有的话我马上就把那个家伙宰掉。如果被别人发现了我们的行踪，我们就麻烦了。"彼得骂道，"不能被任何人知道这件事，我必须带着我的宝物出城。"

彼得停在原地没有继续往上爬，他沉默了一会儿之后，推了推旁边的手下："你上去，去看看上面怎么了。"

被下令上去察看情况的手下全身颤抖地向上迈步，他仍然觉得这一切都是魔鬼在作乱。

"上面开着门，漆黑一片。"那个人说道。

"那就更没有什么好怕的了，我估计上面藏着一个人。都上去吧！全都上去，把那个人杀了，然后我们抓紧时间离开。"彼得说道。

剩下的人只好也爬到了阁楼里，彼得在下面等了几分钟，没有听到任何动静，于是心急地跟了上去。

"到底找没找到啊？"他嚷嚷着。

"没有。"彼得的手下在阁楼一角怯懦地说道。

"藏在这里的人，说话！要是你躲在这里，最后被我们抓住，那么……"彼得还没说完，一个火球突然凭空出现，照亮了整个阁楼。一道恐怖的身影出现在彼得面前，他浑身都是火焰，身上不仅有硫黄的味道，还萦绕着绿烟。他一边向前移动,一边举起右手的权杖,那权杖看上去像是着了火的绿色树枝,顶端的火燃得极旺,不停地呲呲射出火花。

没有任何征兆,没有任何暗示,彼得被突然出现的能够操控火焰的魔鬼吓住了,身体像筛糠一样发抖。连彼得都被吓成这副模样,他的手下就更狼狈了。他们疯了似地尖叫,一窝蜂地向楼梯跑去。

恐怖的魔鬼手持权杖步步逼近,当歹徒们向下跑时,他用权杖击打着他们的背,催促他们赶紧离开。有两个人同时跑到楼梯口,彼此推挤,最后滚了下去。另一个人也摔倒在地,滚下楼梯,压到了这两个人的身上。

彼得倒还有几分勇气,他抽出剑,吼道:"我不知道你是人是鬼,但我今天就要跟你斗一斗!"说罢他便朝着魔鬼砍去,魔鬼躲开剑,挥手放出来一团粉末。

彼得被这些粉末灼烧得眼睛和喉咙都非常疼:"喂,快救我,我遇见魔鬼啦,来救我啊!"

但他没有听到回应,只听到了他的手下滚下楼梯的声音。

彼得向楼梯口跑去,因为睁不开眼睛,他到楼梯那里就摔倒了。但他还是忍着疼痛继续向下跑,因为他非常担心魔鬼会追上他,再次向他施展巫术。不过魔鬼并没有穷追不舍,他缓慢地走下楼梯,边走边向院子上空扔出小火球。

院子里一片混乱,沃尔夫挣脱了脑袋上套的布袋,不停地吠叫;歹徒们更是鬼哭狼嚎,丝毫不记得当初低调行事的原则;约瑟夫被歹徒们绑住了,关在了二楼的小房间里,一番挣扎之后,绑住他的绳子被他弄开了,于是他开始使劲地踢墙壁；埃尔兹别塔尖声哭泣求救；周围有人喊巡夜卫兵；斯塔斯不知为何一直在拉门上的门铃。

二楼的平台上原来站着四个人负责望风和控制其他住户，三个从阁楼上逃跑摔下的人差点把他们四人也撞下楼梯。他们三个沿着楼梯向下滚，虽然没有直接掉到院子里，但是压垮了下面的楼梯。咔嚓，嘣！这一群人都趴在地上，开始哎哟哎哟地叫唤起来。彼得和魔鬼周旋了一会儿，逃下阁楼时正好看到了楼梯坍塌的场景，于是想要钻进二楼安德鲁的房间。但是跟在他后面的魔鬼一跃而起，一下子就压住了彼得。

用各种化学物质制造出混乱景象的魔鬼将彼得摔在地上，用那根涂抹了发光树脂的大棒逼问道："你是来找什么的？"

彼得此时已经没有那么害怕了，他觉得眼前的东西说话的声音不像魔鬼，于是大着胆子说道："无可奉告！"

"坦白！"

"我无话可说！"

"那就跟卫兵说清楚吧！"

"卫兵不算什么，他们也奈何不了我。"

"让我看看你的脸。"

炼金术士用自己身体的重量压着彼得，一只手掐住他的喉咙，另一只手从长袍中拿出一件物体，在地上反复摩擦，直到它的表面出现火花。看到火花之后，炼金术士就将这个东西扔向壁炉，扔进去的那个瞬间，壁炉中发出强烈的光芒，整个房间都被照亮了。

光照亮整个房间的同时，炼金术士克鲁兹和安德鲁先生的那个包裹出现了，此时包裹被拆开了，一个巨大的球体出现在众人面前，此时火光一照，球体便折射出璀璨的光。

"原来你是想抢这东西，你早有预谋，并不是随随便便选中这家人实施抢劫。老实点，要不然让你好看！"炼金术士观察宝物时彼得试图逃跑，但炼金术士重新将他压住了。

"你是谁的手下？"

彼得不说话。

"卫兵已经来了，我劝你实话实说。"

巡夜的卫兵正在大声叫喊："不要动！违抗我就是在触犯国王的威严！"

炼金术士的话反倒让彼得更加无所畏惧，因为他此时已经确定压在自己身上的是人而不是魔鬼。他准备拿出自己对付普通人的把戏。"你帮我藏起来，我才能告诉你。"

"你没资格谈条件，告诉我真相。"

"那你再仔细看看它。"彼得被压住的手朝那个宝物的方向挣扎，示意炼金术士往那边看。炼金术士发现即使壁炉里的火球的光黯淡了很多，那个宝物还是闪耀得如同太阳一般。

"嗯，然后呢？"炼金术士回过神，然而就在此刻，彼得利用他的松懈抽出右手，掰开了炼金术士掐住他喉咙的那只手。紧接着二人扭打了起来。恢复冷静后的彼得身手矫健，很快占据上风。在他们胳膊扭在一起，到处翻滚的时候，彼得用了他在乌克兰学到的一招：在克鲁兹压在自己身上的时候,用双腿像钳子一样夹住克鲁兹的身体,然后找准时机腾出双手,将克鲁兹的胳膊拧到背后,直到听见骨头的咔嚓声后,他便借着对方疼痛之际从地上爬起,压在克鲁兹的身上。"咚!"他抓住克鲁兹的头向下猛地一磕,然后把克鲁兹向墙壁抛去。如此重的力道,就算克鲁兹是个巨人,也难免要昏过去。

炼金术士倒下了,彼得敏捷如豹,立刻探身抓住宝物,跃向门口。

然而他没有成功逃走,炼金术士有隐藏的撒手锏。由于有面具帮忙承受冲击,炼金术士没有被摔昏,他佯装倒地,却在彼得转身逃跑的时候睁开双

眼，以迅雷不及掩耳之势从长袍的口袋里拿出了一小包受冲击就会爆炸的药粉——幸好刚才缠斗的时候它没有被引爆。

在彼得即将消失在门口的那个瞬间，炼金术士用尽全力扔出了炸药粉，砸中了他的后脑勺。

砰，炸药爆炸了。

楼下的人被这声爆炸吸引，他们看见了耀眼的亮光，还听见有个男人在痛苦地尖叫。光芒散去后，他们看清了那个发出声音的人：这个人头发着了火，衣服被烧成了布条，他从二楼门口跑出来之后踩在了没倒塌的那些楼梯上，向下看了一眼，院子里挤满了学生、巡夜人和士兵，火把的光照亮了整个院子。他明白再向下跑一定会被这些人抓起来，于是掉头向上爬。快爬到房顶时，他双手搭住房檐，荡开阁楼的小门，在门打开至最大幅度的时候一蹬门板，借力爬了上去。他在屋顶上飞快地奔跑——头发仍然燃烧着，不断掉下火花——跑到楼顶尽头，他又跳上了另一个屋顶。反复几次后，底下的人已经看不到他了。有人说他翻进了修道院的花园，有人说他其实还藏在房顶上，但所有这些说法都没帮助卫兵搜寻到彼得的下落。

巡夜人哼哧哼哧地努力了半天，终于搭起了一架临时楼梯，将二楼的约瑟夫母子救了下来，并让他们看管受到惊吓的埃尔兹别塔。克鲁兹则脱掉长袍和面具，独自回到阁楼，倒在床上瞬间睡熟了。

早上下班回来的安德鲁发现自己的宝物不翼而飞。目击者们都说彼得和他的手下逃跑时空着两只手，安德鲁在寻找几天无果之后，还是认为宝物已经被歹徒抢走了。

彼得的手下有几个没能成功逃脱，他们被处以各种刑罚。有的被关进了暗无天日的地牢，有的被判处流放"九十九年"，还有的因为曾在其他地区有前科被遣送到那些地区进行审判。但人们没有从他们口中撬出任何消息，他们似乎真的不知道头领所找寻的宝物是什么。

至于斯塔斯，老妇人得知这个儿子的所作所为之后将他逐出了家门。有人说金象旅馆雇佣他当了伙计，但旅馆发生了一起抢劫案后，斯塔斯就永远地消失了。

炼金术士起床后来找安德鲁先生，和他描述了夜里的事情与领头人的模样，安德鲁听着听着就愤怒地站起，用拳头猛砸椅背。

"我知道他是谁了！"他怒气冲冲地说，"他肯定是博格丹，那个蒙古和哥萨克混血！哥萨克人叫他坏蛋博格丹，乌克兰人叫他纽扣脸彼得。在乌克兰，大家都讨厌他，害怕他。现在想想，他对我们家实施的恶行和我先前所听到那些传闻如出一辙。他是个没有道德感的恶魔。乌克兰人叫他纽扣脸彼得，是因为他脸上有一块生病时留下的疤。哎，我在城门外也看到了他脸上的疤痕，我当时只觉得纽扣脸彼得只在边境搞破坏，不会在内地干出这种事来呢？我真是太大意了。"

安德鲁先生伤心地结束了谈话，开始修补起自己千疮百孔的家。

· 第十一章 ·
进攻教堂

　　冬天到了，人们开始骑小矮马互相探访，这种马很聪明，会用嘴拱开雪，吃下面的干草。聚在一起的时候，他们总是谈起那个被哥萨克人称为坏蛋，被乌克兰人称作纽扣脸彼得的那个人。大家都说他变了，变得情绪低迷，郁郁寡欢。有人背后叫他"头发烧焦的博格丹"，他变成这个样子并不只是因为失去了很多头发，而是在自己的抢劫行动中遭遇了几次失败的打击。

　　博格丹再次活跃已经是几个月后，春天到来的时候，有人在酒馆看见过他，说火在他身上留下的疤痕已经不明显了。有人说他冬天时去了莫斯科大公国，面见了某位大人物，但是没有人敢深入打探这件事。

　　1462年的3月，坏蛋博格丹又开始破坏边境的祥和。他与他手下的那些杀手和强盗先后在"平原小镇"罗夫诺和布格河到海乌姆一带的边境打砸抢烧，甚至在卢布林的森林里驻扎了一段时间。直到有军队放出消息要追剿他们，他们才销声匿迹。

彼得好像对这种抢劫不太感兴趣了，但是他的手下是一群以抢钱为乐的野蛮人，为了让他们听自己的话，彼得不得不放任他们。到塔尔诺夫后彼得重新组织自己的队伍，并把自己的团伙伪装成了亚美尼亚地毯商队。他们赶着马车来到克拉科夫，在老布楼旁边卸下货物，稍作休憩。

安德鲁·恰尔涅茨基先生此时仍沉浸在悲伤的情绪中：他的宝物丢了，虽然是被强盗劫走的，但他要将宝物献给波兰国王的誓言已无法履行。他的妻儿、神父扬·康迪和埃尔兹别塔经常安慰他，但是当他独自站在塔楼上值班时，看着无垠的夜色，愧疚的情绪总会重新涌上他的心头。

约瑟夫知道父亲心里不好受，正赶上学校快要放假了，早上没什么课，所以他经常陪父亲值班。他会和父亲在教堂一直待到次日清晨，有时候安德鲁先生在小房间里休息，他就负责监视城市的情况，并在整点时吹奏四次《海纳圣歌》。现在他吹号的技术不亚于他的父亲。

彼得所带领的"商队"抵达克拉科夫的那个晚上，约瑟夫和父亲照例在教堂值夜班。一轮圆月挂在空中，月光让塔楼投下狭长的影子。听到号手敲响整点的钟声之后，教堂门口的守门人开始一边巡视，一边喊现在的时间。

彼得和他的手下在教堂广场的另一侧。彼得藏在货车里向外张望，守门人喊完时间后，他微不可察地点了点头。

"迈克尔，迈克尔！"彼得朝身后轻轻地叫了两声。应着头领的呼喊，一个穿皮衣戴皮帽，穿着厚底鞋的男人出现了。先前他们都扮成亚美尼亚商人，现在为了方便行动，他换回了自己的装束。这个人走向彼得的马车，他走路姿势很奇怪，每走一步都要扭动身子——他因此有一个"蛇人"的绰号。此时"蛇人"正静静等待着彼得下令。

得令之后,"蛇人"迈克尔像真蛇那样匍匐在地上,从车底爬过商队的马车,途经教堂旁的一座房子,最后绕到了广场角落。他隐藏在树影里,弯着身子,等待一个合适的时机——也就是守门人经过教堂前面的那一刻。

合适的时机很快就到了,教堂的阴影中突然出现了一个星形的光影:那是守门人的灯。守门人先是检查了通向塔楼的门,确定已经上锁后便懒懒地打了个哈欠,用长戟有一搭没一搭地戳了戳门旁的石头。蛇人又仔细地看了看自己的任务目标:这是个中年人,皮袄外面的铠甲有些薄,做工也不好。这副铠甲一直垂到膝盖那里,腰部上方的盔甲链从腰部缠到肩膀,又绕过肩膀、手腕,最后又绕过脖子连接帽子,显得非常笨重。铠甲的外面还套着一件短皮马甲。他在帽兜外还戴了一个尖顶头盔,但材质很一般。除了手中的长戟外,他还有一把短刀。那把短刀别在他腰间的皮带上。肩头处还有一条皮带,左侧还有一个用来支撑和平衡长戟的带扣。守门人开始向南边走去,他左右环视,发现街上的确一个人都没有之后,轻轻地走进了教堂的墓地,月光轻柔地笼罩着他与他身旁的墓碑。守门人将长戟和灯放下,蹲在一块墓碑后面吃起了口袋里的面包和肉。用餐之前他在胸前画了一个十字,似乎是向死者请求原谅。

是的,虽然守门人没有恪尽职守,但是我们不能对他太过苛责。在那个时代,教堂极少遭到偷窃,至于教堂旁边的墓地,更是没人敢在夜里前往。城市的治安更多地靠塔楼上的号手与穿梭在街道上的巡夜人维护,守门人曾遭遇过的最大麻烦,无非是在过节的时候,有些调皮的年轻人会捉弄他。

"哈呼——！"守门人不禁打了一个哈欠，真是悠闲啊！

这边守门人正偷着懒，另一边蛇人已经掌握了情况，在守门人背对广场时跑到了拱壁下面，在拱壁阴影的掩护下，他一步步靠近守门人。最终，当他离那块墓碑只有几步远的时候，他像一只猛禽一样扑了过去。

守门人瞬间被扑倒在地，蛇人迈克尔压在他的背上，用头巾勒住了他的嘴。然后蛇人又取出绳子将守门人的四肢捆住，他更想直接用剑杀死守门人，但是考虑到守门人可能会发出垂死的惨叫，惹来不必要的麻烦，便放弃了。

蛇人从守门人的马甲中找到了塔楼的钥匙，确认守门人无法挣脱绳子后，他带着钥匙回到了马车那边。

"守门人在墓地里，被我捆结实了，嘴也被封住了。我从他的身上搜到了钥匙。"蛇人向彼得报告。

彼得随即向其他人下令，收到命令的人们立刻脱下伪装用的衣服，戴上了皮帽，穿上了皮衣、紧身裤和软皮靴。他们跟在彼得后面，沿着塔楼投下的阴影悄声前行，最后，彼得打了个手势，让这二十余人停在了塔楼和教堂之间。

"跟住了，注意脚下，别踩到松动的楼梯。"彼得嘱咐道，"今天那父子俩都在塔楼，我一发令，你们就把他们两个逮住。"

说完，彼得便用钥匙打开小铁门，弯腰走了进去。其他人跟着他，走在最后面的人按照命令关上了铁门，以免路人看出端倪。

"这两个人很好对付，任务只有一个难点，就是不能让他们发出声音，"

在顺着狭窄的石梯向塔楼走的时候,彼得低声说道,"要是他们吹号或者拉动了钟绳,我们的行动就会暴露。必须迅速制服他们。"

他们来到了通向塔楼的阶梯前,按照彼得嘱咐的,他们一直在观察脚下的木板,竭力不发出任何声音。最后,他们看见了号手工作的平台。

"父亲,你在房间里歇着吧,我会看着沙漏,按时吹奏《海纳圣歌》的。放心吧!"号手休息的小房间敞着门,约瑟夫的声音从里面传了出来。

真幸运!这父子俩都在塔楼,一会儿把老家伙绑起来,让那小崽子带着我们去找宝物。彼得想道。

歹徒冲进来的那一刻,约瑟夫正拿着蜡烛要阅读手稿。听见门被撞开后他连忙扭头看去,但还没等他摆出防御的姿势,就有三个人冲进了房间。那三个人径直冲向了他,一个人制住了他的双手,另外两个人冲向安德鲁先生,把安德鲁摁在了小床上。

然后父子俩又看到了一个站在门口的人,那个人趾高气扬,双手叉腰:"哈哈哈,两只快乐歌唱的小鸟,你们好!这次没有人会来打扰我们的会面了。"

约瑟夫感觉不妙,他当然认得这个男人,将要进入克拉科夫时,就是他找过父亲的麻烦;在广场上,他编造谎言,试图让群众用石头砸死他们一家;歹徒闯进他们家的大门,把他五花大绑扔在地上的时候,他也听见了这个男人的声音。这个男人要干什么?据他所知,他们家的宝物已经被眼前这个男人抢走了。难道……难道这个男人专门来找他们复仇?

"知道我来做什么吗?"男人阴沉地问道。

不知道。约瑟夫思考道。如果他能动的话，他很想画个十字为自己祈祷，如果这群暴徒将他们父子从塔楼的窗户扔下去的话，他们完全没有生还的可能，而且人们估计天亮时才会发现他们的尸体。

安德鲁先生倒是很冷静："我不知道你回来的目的是什么，纽扣脸彼得，或者博格丹。真遗憾，你第一次找上门来的时候我竟然没有认出你。"

彼得一听到否定的回答就变得像是被点燃的火药："你说你不知道？太可笑了，你是觉得我们奈何不了你吗？我一定要拿走我想要的东西，如果你不乖乖听话，我和我的手下们可不是吃素的。快说，你把塔尔诺夫大水晶球藏到什么地方了？"

无数个念头从约瑟夫心头闪过。塔尔诺夫大水晶球，它应该就是那个宝物，那个他们千辛万苦从乌克兰带过来的东西，他的父亲情绪低落了这么长时间也是因为它的丢失。可是水晶球有什么价值呢？它不是宝石

或者钻石,应当不值多少钱,而且乌克兰有许多水晶洞穴,水晶不算什么稀奇玩意儿……或许它是特殊的?那它又有什么神奇作用?

"水晶球的下落?这件事你最清楚,"安德鲁先生说道,"你偷袭的当晚,我就找不到水晶球了,我还觉得是你抢走了它呢。"

"找不到了?"彼得有些惊讶,但他很快就觉得是安德鲁在耍自己,"别骗我,你肯定知道它在哪里……这样吧,迈克尔!"他把蛇人叫过来,指挥蛇人拿刀逼着约瑟夫去公寓那里找宝物,如果一刻钟之内彼得没有看见他们二人带着宝物回来,就杀掉安德鲁。但说完之后,他又有了新想法:"不,我带着小家伙去,你看着安德鲁，要是小家伙耍花招，我就用刀杀了他。要是我们过了很长时间都没带着水晶球回来，你就把安德鲁也给杀了。"

彼得相信和水晶球相比，安德鲁更在乎儿子的性命，约瑟夫有可能不知道水晶球的下落，但他和母亲会为了安德鲁的性命尽快帮他寻找到宝物。不过，安德鲁为何会否认水晶球的存在呢？彼得来不及多想，他觉得一定是安德鲁在撒谎。而至于在家里找不到水晶球就杀了安德鲁，这句话中威胁的成分更大一些，毕竟安德鲁可能会把宝物藏到其他地方，彼得打算如果翻遍了安德鲁家仍旧找不到水晶球，就回来严刑逼供安德鲁。

彼得的手下将约瑟夫交到彼得的手里，彼得看着沙漏，忽然说："等等，快两点了，必须按时吹号，否则别人就会知道塔楼这边出了问题。小孩，你会吹号，你来吹吧——别想着耍花招，告诉你，我的耳目到处都是。你去拿墙上的铜号——不，我拿，你跟我过来。"

彼得强迫约瑟夫敲了两次钟，接着催促男孩吹奏《海纳圣歌》。他手握利刃，站在约瑟夫身边，恶狠狠地盯着他："和平时一样吹，别耍花招。"

约瑟夫拿起铜号，他想到了那位曾经站在这里，在履行诺言的时候被射死的年轻号手，他此刻也需要展现自己的勇气，但他该做些什么呢？约瑟夫现在不再恐惧，与生俱来的坚定让他开始思考解决的办法——这份坚定也是波兰人最高尚的品质。

在他将铜号伸出窗口的那一刹那，他想到了那个被埃尔兹别塔当作两个人的秘密的玩笑。

她会记得他们的约定吗？她会发现他在音乐结尾多吹了几个音符吗？他

的心中开始燃起希望之火。他相信凌晨两点的时候埃尔兹别塔会醒来,并且知道自己会在这时接替父亲吹号,她记忆力很好,一定会记住他们的秘密。那么她接下来会怎么做呢?克鲁兹先生现在一门心思待在阁楼里做实验,不会把她的话当真的,所以她会去找扬·康迪神父吗?扬·康迪神父倒是一定会来救他们父子的——他们迫切地需要别人的帮助,约瑟夫相信歹徒就算得到了宝物,也并不会因此放过他们。

只能这么做了,不知道彼得知不知道那个故事,又会不会起疑心,希望上帝能够保佑我们。约瑟夫在心里祷告着,彼得见他磨磨蹭蹭不吹号,呵斥道:"快吹!"

约瑟夫将铜号举到嘴边。

他觉得自己的身影与那位年轻号手的身影重叠在了一起,他的脚下不再是石头,而是木板,大多数房屋都被点燃了,小个子的鞑靼人骑着矮脚马向他所在的塔楼逼近,他能看清他们凶恶的脸。在塔楼附近,一个鞑靼人勒马,翻身下马,拉弓引箭,一支铁头箭带着破空之声向窗口飞来。

号声响起。

彼得点了点头,他也听过很多遍《海纳圣歌》,男孩所吹奏的与他记忆中的并无差异。于是约瑟夫继续吹奏,在吹到乐曲应该戛然而止的地方时,约瑟夫有些犹豫,但最终还是吹完了剩下的三个音符,多吹的这三个音符使《海纳圣歌》完整地结束了。在吹奏那三个音符时,约瑟夫几乎鼓起了所有勇气,因为彼得就站在他身边,一旦彼得看出什么端倪,就会用匕首杀了他。

吹完的那一瞬间，约瑟夫感觉血液轰地上涌。他放下铜号，看向歹徒们，惊喜地发现彼得满意地点着头。太好了，他对《海纳圣歌》结尾的故事一无所知！

于是约瑟夫又在其他三个窗口吹奏了完整的圣歌。吹完之后他的胳膊被彼得一把抓住："好了，现在带路！"

彼得吩咐手下几句后，就推搡着约瑟夫走下塔楼。他们走在阴影里，穿过无人的广场向大学区走去。彼得一边盯着约瑟夫，一边注意着周围的偏僻角落，他打算拿到水晶球之后，就在回程的路上杀掉约瑟夫，然后再解决安德鲁，最后将他们二人的尸首扔到角落里去。留下这对父子的性命有什么好处吗？让他们告发自己吗？杀死他们之后，他就可以领着自己的"亚美尼亚商队"大摇大摆地出城了。

第十二章
埃尔兹别塔差点没听到中止音

夜幕刚刚降临，一个小女孩从公寓三楼跑出来，沿着楼梯来到二楼，站在了安德鲁先生家的门前。她轻轻地敲了三下门，过了一会儿，安德鲁太太打开了一扇门。

"快进来。"安德鲁太太看见是埃尔兹别塔，热情地招呼道。

"今天怎么这么晚才过来？是因为那个缠着你叔叔的学生吗？"安德鲁太太锁好门后问道，"还是说有其他事耽搁了，快坐下，和我讲讲这些事，我刚才正做白天剩下的针线活呢。"

"还不是因为那个叫特林的学生，他和我叔叔在阁楼里的谈话比之前更加奇怪，我听到后有些害怕。"埃尔兹别塔面带忧虑地说道。

"唉，那今晚就待在这里吧，咱们一起睡，"安德鲁太太说道，"也不知道你叔叔这样的大学者为什么会被那个学生缠上。我觉得那个学生看起来有些奇怪，他的灵魂好像比他的身体要苍老得多，他乌黑的眼睛看起来让人害怕。"

"好呀，妈妈，我想留在这儿。"埃尔兹别塔高兴地抱住安德鲁太太，经过几个月的相处，她们已经和母女一样亲密，"其实，我并不是被特林吓到的，我主要是担心我的叔叔。这几个星期，他的举动更反常了——确切地说，是从歹徒闯进院子那一天开始的。"

"我也觉得——他打你骂你了吗？"

"不，他对我还是很好的！但他和以前不一样了，我们刚住进来的时候，我叔叔经常和我待在一起，陪我出去玩儿，带我去看新鲜事物，他的脸上每天都是笑容。但是现在，他经常忘了我的存在，我和他说话，他总是心不在焉，像没听见一样。有时候，他会回答我的问题，可他说的那些话我听不懂。我感觉他被什么东西蛊惑了。"

"这应该和特林脱不了关系。"

"是的，变化都是从他劝说我叔叔做实验开始的。他们每天晚上做实验都让我睡不好觉，他们时而走动，时而交谈，时而又十分寂静……"

"好孩子，要是害怕就下楼来，这里也是你的家。约瑟夫去塔楼值班的时候，你可以睡那张小床……我们其实也遇到了不少麻烦，你知道的，那天晚上我们丢了不少东西，家具也被破坏了。那天之后我的丈夫也变了……但是仔细想想，我们现在的生活也很好，我们有孩子，彼此相爱，有舒适的住所和充足的食物，我们没必要一心追求自己没有的东西，扰乱自己的心。"

"我好怀念以前的叔叔，"埃尔兹别塔感到悲伤极了，"特林似乎开出了一些让我的叔叔无法拒绝的条件。"

"上天保佑！孩子，你听清他们今晚在阁楼上说什么了吗？"安德鲁太太在胸前画了一个十字。

"没完全听清,只是听到了一些片段。但我觉得今晚他们所说的话比之前都要疯狂,叔叔一直嚷嚷'这样我会疯的!'特林可能安抚了一下他,然后又和他说'不会有事的,再试一遍'。之后就可怕地沉默了很长一段时间。最后我又听见了叔叔的一些短促含糊的胡话,被吓得跑了下来。"

"小可怜,你怎么会遇上这种事。"

"嗯,我下楼的时候还听清了一些话。那个特林像对下人一样颐指气使地和我叔叔说话,我叔叔却一直低声下气。特林和我叔叔说'你一定要这么做,你只有掌握了炼金术,获得足够多的金子,才有可能周游世界,结交大师,买下你想要的材料'。特林说了很多遍'金子'这个词。他说话的时候,我叔叔一直保持沉默,他可能是在做实验。"

安德鲁太太缓缓摇头:"他们不是第一个尝试用普通金属炼金的人,但我所知道的那些进行类似尝试的人,都没有获得什么成果。"说到这里,她觉得自己有些失言,在这个话题上过多深入会让埃尔兹别塔更加担心她叔叔,于是安德鲁太太换了个话题:"这几天晚上,约瑟夫都在塔楼,我自己一个人在家也感觉挺孤独的,不过听到他和他父亲在吹号,我就安心了。"

"我也喜欢听他们吹号。凌晨两点之后,约瑟夫接安德鲁叔叔的班,我们有一个秘密,就我和他知道,所以我会仔细等着他吹号。"

"我的孩子,你怎么凌晨两点还不睡觉?"

"因为我叔叔的事,我一个人在家总是睡不着。另外,我也答应约瑟夫,我每天都会听他吹号的。好朋友要说话算话。"

"你能分辨出谁在吹号吗？"

"以前轻而易举就能听出来，现在难一些，不过一般来说，约瑟夫的号声要比安德鲁叔叔的小一些，但用不了多久，他就能和安德鲁叔叔吹得一样好。"

埃尔兹别塔与安德鲁太太又聊了一些其他事，不知不觉就到了深夜。安德鲁太太将挨着门口和窗户的小沙发腾了出来，给埃尔兹别塔

睡，她自己则走进里面的小房间睡觉——约瑟夫不在的时候，她一般睡在那里。窗户开着，正对着塔楼的方向，埃尔兹别塔能清楚地听到外面的号声和钟声。她担心叔叔会来找她，就没有脱衣服，而是直接躺在了这张临时小床上，闭上了眼睛。

埃尔兹别塔并没有很快睡着，她忍不住去想叔叔的事，她觉得那个学生特林一定会给叔叔带来厄运的。人们都说克鲁兹叔叔在研究黑魔法，最近一段时间这种议论更多了。

在埃尔兹别塔生活的那个时代，人们相信人会被恶灵附身；相信亡魂会徘徊在人迹罕至的地方；相信遇见黑猫会倒霉；相信猫头鹰夜里盘旋在废弃教堂上空，代表着有巫师正骑着树枝或笤帚飞行；相信如果狗半夜无缘吠叫，就代表周围有人快死了。

还有人故意传播迷信来牟利，其中最典型的就是巫师和魔法师蒙骗那些单纯的人，让他们心甘情愿地破财消灾。如果人们不相信，这些骗子们就使用见不得人的方法来吓唬他们。魔法师会卖帮人驱走厄运的"符咒"，比如可以驱走蛇虫的小黑石球；闪电击中沙子所产生的金黄色玻璃样的东西，有很大药用价值，磨成粉可以治胃病；有神秘功效的动物骨头和青蛙心脏，等等。

至于炼金术士克鲁兹，他被众人怀疑也并非没有道理。特林所诱导他进行的工作已经让他从一个身体强壮、思维理智的学者变成了一个形容枯槁、头脑混乱的家伙，在那个时代一个人突然变成了这样，任谁都会觉得他是被邪灵附了身。埃尔兹别塔担心叔叔的身心受到特林进一步的摧残，更担心叔叔的灵魂会被特林控制。

埃尔兹别塔想着想着，不知不觉就到了凌晨一点，她听见了夜间的号声，但她仍然因为过度担心叔叔而无法入睡。由于疲倦，她脑中的画面变得扭曲失常——病人或是有心事的人经常出现这种情况。在她的想象里，她的叔叔一会儿非常正常，一会儿蜷缩变小，一会儿又变得和山一样大；而特林则时不时从学生变成南瓜头的怪物。等他们身体变大后，这两个人一起做了许多坏事——他们把旧鞋变成蝙蝠；捕捉像鹰一样的鸟，把它们关在阁楼；混合沸腾的液体。这些幻影时而朦胧，时而清晰，与此同时，时间一分一秒地过去……不知不觉，塔楼上的钟响了两次，惊醒了埃尔兹别塔。

"两点了。"她摇摇脑袋，让自己从混乱的景象中清醒过来。

紧接着，塔楼的方向响起了《海纳圣歌》。没错，是约瑟夫正在吹号。埃尔兹别塔跟着号声哼唱圣歌，一直哼到了曲子该停顿的时候。她以为约瑟夫会停下，因此她静静地等待号声在第二扇窗户响起。但是约瑟夫没有停，他将剩下的几个音符吹完了，给了这首小颂歌一个正常的结尾。

埃尔兹别塔以为自己太困了，以至于出现了幻觉，于是她挺直身子，打算仔细听约瑟夫的下一次吹奏。

接下来约瑟夫开始在南面的窗前吹号，埃尔兹别塔担心自己的哼唱会干扰判断，所以屏气凝神地听。很快，乐曲终了，埃尔兹别塔意识到约瑟夫再次吹完了本该提前终止的《海纳圣歌》。

"他吹错了。"女孩自言自语道。

然后是朝东边，这一次风声把号声吹远了，埃尔兹别塔听得不怎么清晰，但是最后的一次吹号是在北边，她无比清晰地听到了最后那多出的几个音符。而且在中止音响起前，号声还停顿了一下，就像是在犹豫一般。

埃尔兹别塔跳起来：约瑟夫是故意的！他不可能连续吹错三次，但是……他为什么要这样做呢？如果他发现城市有危险的话，他应该拉响警钟，像城里起火、外敌入侵、发生暴乱、外国国王访问这类大事，号手正常的反应都是敲钟。而且约瑟夫也不是那种会用《海纳圣歌》来开玩笑的人，他和我讲述圣歌的故事时，明显非常钦佩那位用生命履行誓言的年轻号手。所以他为什么要这样做呢？为什么呢？

他一定是想传达什么信息，埃尔兹别塔没有忘记她与约瑟夫的约定，事实上，约瑟夫第一次故意吹错时她就想起来了。约瑟夫正遭遇某种危险，他不能拉响警钟，只能用这种方式向她——埃尔兹别塔·克鲁兹发出信号，寻求帮助！……是的，是的，他应该正被监视着，不得不采用最隐秘的方式报信。她必须马上去帮助约瑟夫！

但是，她该怎样做呢？将安德鲁太太叫醒似乎不是明智之举，喊叔叔好像也不是什么好主意。她一直没听见下楼的声音，叔叔肯定还在和约翰·特林做实验。而且就算她去阁楼找叔叔帮忙，叔叔也只会把她的话当作玩笑。

一番思考过后，她的心中已有了答案。她轻手轻脚地走到门口，打开门闩，离开了安德鲁家。她回到自己的屋子，拿上了大门的钥匙，披了件斗篷，然后走出院门，迅速地来到了街上。

男人不带武器凌晨出门都很危险，更不必说一个小女孩了，她可能会遇见赌徒、酒鬼、窃贼，看到城市最为肮脏的一面。虽然有巡夜卫兵，但他们只在打击成群结伙的窃贼和杀人犯时起作用，对那些道德败坏者起不到多大的警示作用。说实话，在深夜出门，什么都不如一把利剑或一根长棍来得可靠。

埃尔兹别塔在心中默默向守护神祷告，澄澈的月光照着鸽子街。除她以外，街上一个人都没有。她在墙的阴影下慢慢地朝左边的十字街移动，但她刚走近墙壁，就听见身后有男人的说话声，她不敢回头，立刻开始飞奔起来。

她被身后的人发现了。"谁？"一个声音喊道，紧接着，几个人开始朝她这边追来。

"肯定是个女的。"后面有个人这样说。此时月亮就挂在夜空的正上方，房屋连影子也没有。她在一片银白的十字街上一直向前奔跑，找不到任何可以藏匿的地方，可追她的人却已冲到了转角。

埃尔兹别塔认为是鞑靼人，或者是像纽扣脸彼得那样的人在追自己，但她身后的人其实只是一群穷得叮当响的小混混。他们平时游荡在街头，就是为了向路人强行索要一些小钱用来喝酒，或者找个舒服的地方睡觉。他们特别喜欢挑埃尔兹别塔这样的女孩下手，因为她们身上的衣服或者包袱可以卖钱，抢她们的钱也不用太费力。

"别跑了，我们不会伤害你的！如果你不停下来，我们就一直追下去！"后面的人试图安抚埃尔兹别塔，但埃尔兹别塔跑得更快了。

终于，她跑进了圣安街，后面的男人离她越来越近，但她已经看见了扬·康迪所住的房子。她现在只希望扬·康迪先生能第一时间打开门，好让自己躲进去。

幸运的是，扬·康迪晚上经常牺牲睡眠用于写作，即使是晚上，他也能及时应答别人的求助——而他的作品也给克拉科夫大学乃至整个文化界带来了巨大的影响。门铃响起后，他立刻放下笔，打开了门，下一秒，女孩像一阵风似的冲进了房间。

"神父，是我，埃尔兹别塔·克鲁兹，我有要事相求，但您先把门关上，有人在追我。"她上气不接下气地说。

扬·康迪虽然对小女孩的到来感到吃惊，但他见多了这种事，淡定地关上了门。事实上，他甚至有时会出门和那些混混谈话，劝他们寻找正确的谋生之路，并给他们一些钱。不过他看出女孩有急事需要他帮助，就立刻将她带到了书房。

"怎么了？有强盗再次闯进院子，还是你叔叔发生了什么事？"

因为刚剧烈地奔跑过，心里又因为担心约瑟夫加上被人追赶极度慌乱，埃尔兹别塔说起话来有些颠三倒四，口齿不清，但是她还是尽可能清晰地讲出了她与约瑟夫的约定以及今晚的异常。说完这些话后，她忧心忡忡地看着神父——他会相信她的话吗？他会不会笑话她，认为她在臆想？

扬·康迪并没有嘲笑小女孩，他认真地说道："没错，我得立即行动，约瑟夫很可能遇到危险了。孩子，你先待在这里，这里很安全，我会叫上卫兵一起去塔楼查看情况的。"

几分钟后，扬·康迪就带着三十个全副武装的卫兵赶向教堂了。他们先是解救了守门人，然后又通过没有上锁的楼门，沿着楼梯登上了塔楼。

与此同时，楼上的暴徒们开始感到无聊了。他们一开始都为攻击教堂塔楼的行动而感到兴奋，因为他们之前从未有过类似的行动。但抓住安德鲁父子之后，他们完全失望于这个任务的简单。由于头领出去以后很久都没回来，除了看守安德鲁的人外，所有人都躺在地上，昏昏欲睡。

因此，当卫兵爬上塔顶，开始对暴徒展开攻击时，暴徒们完全没有还手之力，那个负责看守的人还没反应过来就被抓住了，也没能按照他们头领的指示杀死安德鲁。

卫兵正在捆绑最后一名暴徒时，约瑟夫跑上了楼梯，扑进了父亲的怀里:"父亲!您没事真的太好了!是埃尔兹别塔给神父报的信……"说出这个名字时,约瑟夫的双眼就闪闪发亮,"埃尔兹别塔,我和她之前约定好如果完整地吹完《海纳圣歌》就代表我遭遇了危险,今天我用这个方法向她呼救,她真的没忘记我们的约定。她一个人出门去找扬·康迪神父,这才救了我们。"

"上天保佑,"安德鲁热泪盈眶,"你呢,儿子,那个坏蛋没把你怎么样吧?"

"他拖着我回家的时候听见卫兵在向着教堂行进,然后他就丢下我逃跑了。父亲,我现在得去神父家找埃尔兹别塔,我得告诉她我们都没事,然后好好感谢她。"

约瑟夫走了,卫兵也带着暴徒离开了,于是安德鲁先生一个人坐在塔楼上,沉浸于思考之中。

塔尔诺夫大水晶球!纽扣脸彼得说他想要水晶球!他说的是实话吗?他袭击教堂还会有什么企图?他应该不是为了报仇,因为那样的话,他可以直接杀掉他们父子俩。那如果他在之前那晚的袭击中没有抢走水晶球,水晶球现在又在哪里呢?

第十三章
塔尔诺夫大水晶球

现在还是早春时节，天气已经有些闷热了。透过窗户向外眺望，能看见变成橙红色的山丘与高地，以及通红的通往维耶利奇卡盐矿的公路。

距离彼得袭击教堂失败已经有几个星期了，这一天，炼金术士和约翰·特林在阁楼里进行了一场激烈的争论。

特林坐在小窗前，可以看到窗外的阳光和景色。而克鲁兹则坐在一片黑暗之中，他身旁的倾斜墙面摆满了做实验用的药剂，盛着溶液的玻璃器皿如同宝石般闪着光芒。他们身前的炭火盆时而嘶嘶作响，时而蹿出火苗，活像一条盘踞在地上的蛇。

"我说过，我受不了了，这个课题不适合我，我应该做我从前做的那些研究。"炼金术士痛苦地对特林说。

特林阴沉地笑了："你真胆小，看来你对未知的世界的热情也不过如此。"

双方沉默了一会儿，特林又似乎放弃了激将法，他开始鼓励炼金术士："我们想想好的方面，我们现在已经完成很多困难的实验了，马上就要迎来成功。你这么抵触，是因为催眠让你太累了吗？"

炼金术士抱着头，只是不停地重复"我累了"这句话。

特林厌弃地看着他，但语调依旧轻柔："那么就是克鲁兹先生你的问题了，我之前给很多人做过催眠，时间都比你的长，但他们并没有像你这么疲累。"

"唉，是因为其他人也对我做着催眠——我无时无刻不在受着折磨。"炼金术士呻吟道。

"啊？"特林站起身，"什么？你还被其他人做过催眠？我以为这座城市只有我会催眠术，告诉我，快告诉我催眠你的那个人是谁？你把我们的秘密告诉别人了吗？"

特林的手开始摩挲他腰间的短刀，虽然他年纪不大，但是他的心狠辣无比。他以自己会催眠术为傲，同时也非常害怕自己的这种能力被当权者发现。在那个时候，从事歪门邪道的人会被法官判以酷刑，虽然特林的"魔法"在今天看来只是正常的催眠（就是让人处在一种特殊的类似睡眠又非睡眠的意识恍惚的心理状态，遵从催眠师的暗示或指示做出反应），但在当时的人们眼中，催眠是恶魔对人最恶毒的蛊惑。

炼金术士克鲁兹因为受到引诱而被特林催眠，经过几个月的时间，现在的他已经完全被特林的催眠术控制，有关克鲁兹的一切，特林没有不知道的。因此克鲁兹此时说自己被其他人催眠，特林感到非常惊讶。

"没有其他人在催眠我，催眠我的是……是恶魔！"炼金术士答道。

"恶魔？"特林心中暗道不好，难道炼金术士被他彻底弄疯了？

"没错,你虽然有非凡的魔法,能够看透我内心的想法,但是我有一个你并不知道的秘密。这个秘密让我时刻处于愧疚与不安之中,我给你看看它,看看它……"炼金术士一边声音颤抖地说着这些话,一边在阁楼里来回踱步,最后他在房屋中间停下来,架起三脚架,用链条加固,然后从角落里的大箱子中取出一个黑布包裹,将其放在了三脚架上。

"点灯。"他撒了一些粉末,火盆里蹿出了火苗。接着他扯下黑布,刹那间,整个房间都亮了起来,这个东西人头般大,像是上好的钻石,但却浑然天成,如同泉水般自然纯粹。这颗水晶球产自地下洞穴深处,是历经上万年所造就的。凝视着它,你会发现在它的深层还有一丝蓝光,蓝光中又隐隐约约地泛着玫瑰色。

"上天啊!这是……"特林尖叫道。

"塔尔诺夫大水晶球。"炼金术士的声音低沉得犹如在进行祷告。

"塔尔诺夫大水晶球!塔尔诺夫大水晶球!真的吗?原来炼金术士和魔法师寻找了上百年的东西竟然在我的身边。我不敢相信,塔尔诺夫大水晶球!我们居然得到了这么珍贵的宝物。"特林因为狂喜而到处乱跑,"好的,好的,我知道了,这个水晶球可以催眠人,让人们进入催眠状态,找到世间的所有秘密,我们应该利用它解开我们这段时间探索的难题。"

特林饥渴地注视着这颗水晶球,这颗水晶球也许是世界上所有大水晶球中最特别的一颗,人们每次注视它都会看到不同的景象。这或许是因为水晶球周围的光在变幻,又或许是因为水晶球能牵引出注视者内心深处的想法。总之,这种变幻莫测的景象深深吸引着人们。虽然钻石也有美丽的形

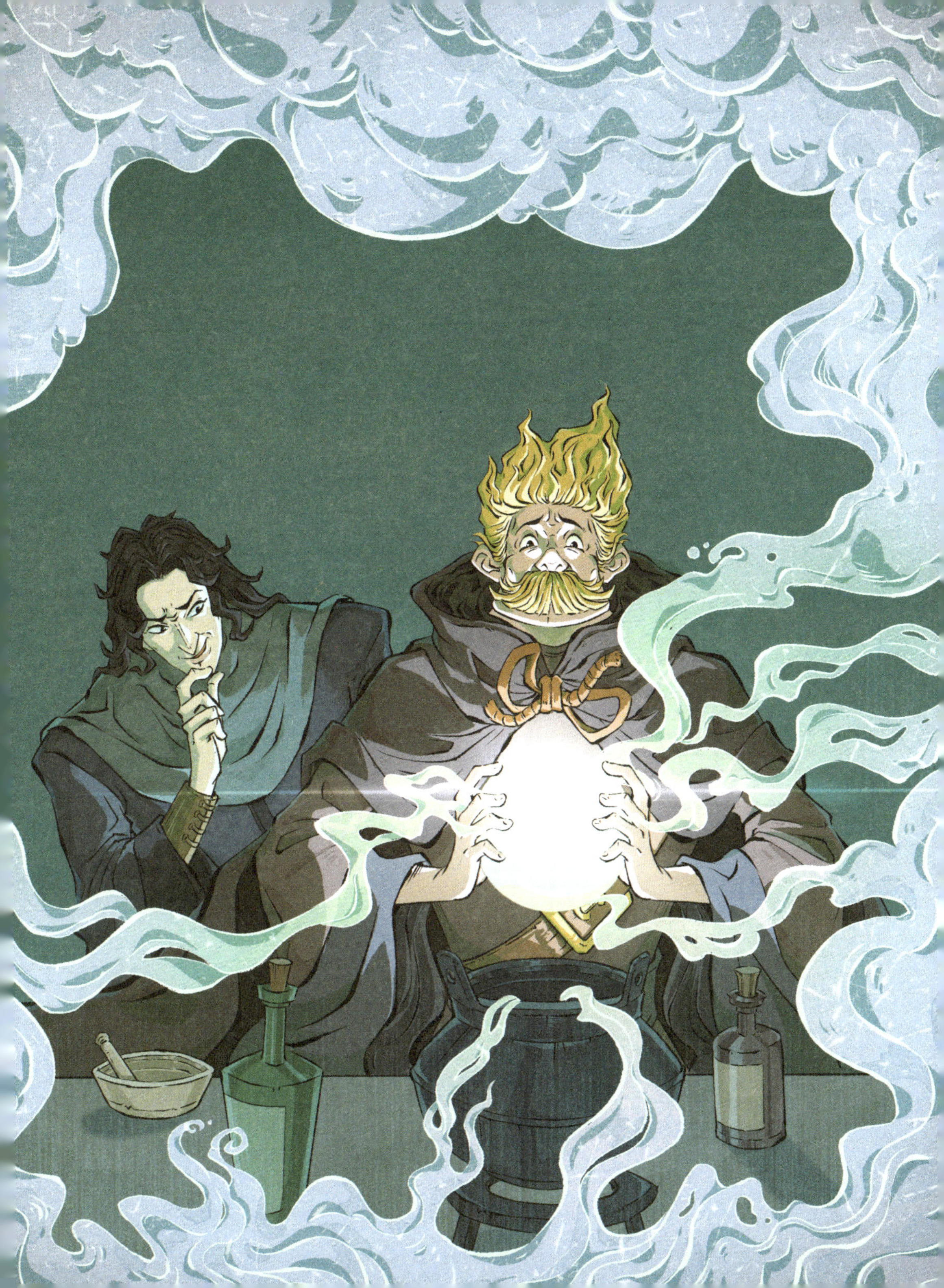

状、澄净的颜色、灿烂的光芒，但钻石体积很小，人的双眼无法长时间在上面聚焦。

对中世纪魔法师而言，塔尔诺夫大水晶球是他们知道的最精美的水晶球。虽然学者、天文学家和炼金术士不屑与魔法为伍，然而在那个时代，科学和魔法之间的界限并没有那么分明，像克鲁兹这样的科学家在研究时很可能自知或不自知地进行了魔法实验。

"不可以，我受不了了，获得这颗水晶球的过程充满了罪恶，我要将它还回去。"炼金术士说道，"这颗古老的水晶球上满是鲜血和邪恶，它并不是什么好东西，它的历史充满了不幸。"

"你居然要把它还回去！不可以，克鲁兹，我不知道这颗水晶球是从哪里来的，我也不想追问这些，但是你如果还有一点志气的话，你就应该用它来协助我们找到炼金的方法，等我们成功之后，你再将它还回去也不迟。要是你到时候改变想法，我还可以……"

"不可以，约翰·特林，我要让它物归原主，"炼金术士语气坚定，"我不把它的存在告诉你，就是因为我怕你受到它的蛊惑。要不是因为我承受不了这个秘密的折磨，我也不会让你知道。"

"好吧，按你说的做，"特林一边顺着克鲁兹的话说，一边在心里谋划着如何得到水晶球，"但是，咱们不能现在就从里面找寻点石成金的方法吗？我们成功之后就能做我们喜欢做的学术研究了。"

"那我们只能进行一些简短的实验，我盯着它看的时间已经够久了。"炼金术士说道。

"你早点告诉我，我就能帮你想出更多方法了。"特林用友善的口吻说道。

"不过我觉得，水晶球里面倒不一定藏着炼金术，我有时觉得这颗水晶球仅仅只能映射出我们自己的心理，它并不是什么可以回答疑难问题，或者满足人愿望的神灵。如果是这样的话，我……我觉得我们这么做可能没有意义。"说着，他开始在阁楼里不停地踱步，"它对我产生了很多不好的影响，虽然凝视它的时候，我获得了很多乐趣，并且我愿意倾尽所有来研究它的奥秘，但我也觉得它扭曲了我的想法，并让我失去了堂堂正正与人交往的能力，我的灵魂正在因为它而迷失。"

"虽然有些冒昧，但我还是想问问你，这颗水晶球是从哪里来的？"特林实在是对这颗水晶球的来历太过好奇。

"之前有一天夜里，一群盗贼进入了这个院子，我用手边的试剂吓跑了他们。"炼金术士这段时间承受了过大的压力，特林一问，他就一股脑儿地说出了这些话。

"所以？"

"我在二楼那户人家的家里发现了水晶球。"

"真的吗？姓科沃斯基的那家人？"

"半点不假，他们是乌克兰人，真正的姓是恰尔涅茨基。"

"原来是这样……那些盗贼该不会是鞑靼人或者哥萨克人，跟着那家人从第聂伯河流域而来的吧？"

"你说得没错，那伙盗贼的首领本来已经拿到了水晶球，但是我将炸药扔向了他，烧伤了他的脸，让他痛得松开了手。我就是这样拿到水晶球的。"

"水晶球又为什么会在恰尔涅茨基一家手里呢？"特林问道。

"事情是这样的，早在13世纪，恰尔涅茨基家族和其他族姓的人家一起住在波兰的一个小镇，那个地方现在叫塔尔诺夫。当时他们受到鞑靼人的袭击，一个叫安德鲁·恰尔涅茨基的人英勇抗击，当地人推举他守护镇上最珍贵的大水晶球。你知道的，从几百年前开始，人们就认为，塔尔诺夫大水晶球拥有神奇的魔力，能够让人看到过去和未来，让人学会飞行并掌握读心术……连国王都亲自前往那个小镇，只为看一眼水晶球。不过，大家都说长时间盯着水晶球会丧失理智，一旦盯着它的时间超过三分钟，人的思维就会出现混乱。"

"恰尔涅茨基家族带着水晶球逃脱了？他们是怎么做到的？"

"他们拿着这件宝物逃去了喀尔巴阡山，直到鞑靼首领孛儿只斤·拔都被迫撤军。在那之后，塔尔诺夫大水晶球代代相传。现在这位安德鲁·恰尔涅茨基继承了祖先的水晶球，定居在乌克兰。安德鲁·恰尔涅茨基这个名字在波兰比较大众，我没想到拥有塔尔诺夫大水晶球的人会来到这里，住这种房子。"

"这些事是安德鲁对你说的？"

"对，他把我当成了知心朋友，毕竟在这之前，我就了解了他的故事。"

"你之前知道塔尔诺夫大水晶球吗？"

"炼金术士都知道。听说它来自东方，最初被带到了埃及的寺庙，罗马人征服埃及时它又被带到罗马的寺庙。一个罗马军官在黑海一带征战的时候，爱上了一个特兰西瓦尼亚女子，女子鼓动他带兵去偷水晶球。军官成功了，但他的罪行很快被人发现，并被皇帝下令追杀。他与女子一直逃到现在的哈利兹，当时罗马人叫盖利兹的地方，并隐姓埋名，藏在一个偏远村庄之中。那个村庄就是今天的塔尔诺夫，此后，这颗水晶球被世世相传，最终传到了恰尔涅茨基家族手里。水晶球吸引了大批的魔法师、炼金术士和占星术士，不过他们之中有很多人心术不正。"

"恰尔涅茨基家族的水晶球没有被人盯上过吗？"

"长时间以来，人们都不知道大水晶球在他们家族手里，但现在的这位安德鲁·恰尔涅茨基先生家里出了一个逃奴，让消息泄露了。后来就有人想要抢走水晶球，于是安德鲁先生在乌克兰的房屋和财产被烧毁，一家人被迫来到克拉科夫。那个盗贼头领背后肯定还有地位更高的人。"

"那些盗贼不是被抓住了吗？他们招供了吗？"

"那些人知道的内情估计不多，而且他们中有不少鞑靼人，很多鞑靼人都是宁死不屈的。"

"安德鲁先生有怀疑过你吗？"

"没有，他把我当朋友。所以，我要赶紧把水晶球还回去，偷朋友的东西实在是太罪恶了。"

"这没什么的，要不是你出手，那些盗贼就带着水晶球，不知道逃到哪里去了。"

"我知道，但是我并没有把水晶球还回去，这和那些盗贼又有什么区别呢？当看到水晶球的那一刹那，我想将水晶球据为己有。当时人们都关注着那些摔下楼去的盗贼以及他们沿着房顶逃跑的首领，所以没有人注意到我将水晶球带回了阁楼。"

"你做得还不好吗？你做得好极了！"特林难以遏制内心的激动，催促克鲁兹去看水晶球，"这水晶球好像有生命一样，看它，快看它。把椅子拉近一点儿，就像我们平时做催眠时离得那么近。好好盯着它，开始世界上最伟大的实验吧。"

炼金术士就像一只被蟒蛇步步紧逼的小鸟一样，不情不愿地坐在水晶球前，开始凝视球心。时间一分一秒地过去了，在四分钟后，他的手臂和脖子忽然变得僵硬，呼吸也随之变得均匀。他的表情与正常状态下的截然不同，并且睁大了双眼，一眨不眨地盯着球心。

"听我说！"在不远处盯着炼金术士的特林发出催眠的命令。

"我在听。"炼金术士回答道。

特林的内心非常激动，炼金术师居然真的进入催眠状态了，而且比他自己引导时更快。"把你所看到的东西告诉我。"特林急切地说道。

"我在一个像是炼金术士的实验室的大房间里，房间里有很多火盆和器皿，器皿中有沸腾着的红色液体。我还看见房间里有个冒热气的大铜壶。"

"这是恶魔的实验室，周围有人吗？"特林问。

炼金术士没有立刻回话,他的意识好像正在房间里游走。

"没有。"他回答道。

"房间里有手稿吗?"

炼金术士再次沉默了,片刻后,他说:"有一个羊皮卷。"

"拿起它。"

"它挂在墙上,看起来很烫手。"

"拿起它,你将会获得成功,这将远远超过你要承受的痛苦。"

"好的。"

特林看向炼金术士的手，发现他的掌心居然真的像是被烫到了一样，变成了红色。

"羊皮卷上写着什么？"

炼金术士用拉丁语说道："这上面记载的东西亦正亦邪，但世人皆想得到。"他说话的速度很慢，好像正在一字一句地阅读。

"打开羊皮卷，继续向下看吧。"

炼金术士再次沉默了，最后他说道："我看到了。"

"念出来吧。"

"没办法念，都是符号。"

"那就写下来。"特林动作敏捷，很快找来板子、羊皮纸和羽毛笔，并为羽毛笔蘸好了墨水，他将固定了羊皮纸的板子放在炼金术士的腿上，然后把笔送到炼金术士手中，引导他落笔。

炼金术士写下了一行字：

"Per θ Δ 8 Fit Lapis Philosophorum.（点金石的制作方法）"

"只有这些吗？"

炼金术士接着往下写：

"看上去难以置信，不代表虚假，世界上真实的东西，总以谎言为衣。"

"这没什么实际含义，你看见其他的制作方法了吗？"

炼金术士在幻觉当中认真看着羊皮卷，然后大声朗读道：

"拜占庭人塞洛斯、埃及人奥赛恩斯、阿拉伯人吉亚布、底比斯人奥林匹杜拉斯都使用过这样的方法——将一满管硫黄倒入热铜盆中，使其熔化，这期间硫黄会释放出一股'灵气',等到'灵气'散尽,就将水银倒入铜盆。闪亮的液体将变成黑色的土的状态,失去生命。然后将它放进密封的试管进行加热,它就会焕发生机,变成明亮的红色物质。"

"记下来,记下来,还有吗?"特林催促道。

"这上面写了很多东西,上面一共分七大章阐述了炼金的秘密——自然征服自然,自然热爱自然,自然约束自然,等等。"

"那些东西没有用,快找炼金术。"

炼金术士向下念道:"底比斯人左西姆斯认为炼金术是将印度的硝石加入之前制成的热的硫黄水银中,然后放入铜块,使之变成金子。"

"那还等什么?把火盆加热,然后把硫黄、水银、铜块拿出来。你有印度硝石吗?"特林问道。

"有一小包,在柜子第三层。"炼金术士回答道。

特林激动地找到了炼金术士所说的那些材料,但是由于他对炼金术知之甚少,他并没有发现炼金术士催眠状态下所说出的炼金方法是完全错误的。这种方法下只会炼出一种极具威胁的化学物质。事实上,炼金术士因为太多次的催眠而失去了正常的判断能力。羊皮卷上记载的信息基本都来自他以前看过的书籍,加入硝石的方法则是长时间的劳累和紧张产生的幻觉。倘若炼金术士处于清醒状态,他是绝对不会犯这么低级的错误的。

这边特林着急地找着原料和器材,那边克鲁兹用拉丁语哼起了歌。这首歌是赞美炼金术和炼金术士的:

他带来取之不尽的宝藏，

他让棍子变成金子，

他让岩石变成宝石。

"快做实验啊！"特林斥责道。

仍处于催眠状态的炼金术士站起身，弯腰给火盆加了一些燃料，又从远处的火盆夹来木炭用于点燃。一开始火盆里只是很小的黄色火苗，后来火苗就变成了上下抖动的蓝色火焰。克鲁兹将一满瓶硫黄放在火盆上，硫黄很快冒出一股浓烟。

接着，克鲁兹摇了摇水银，将其浇在熔化的硫黄上面，和羊皮卷上所说的一样，水银与硫黄交融后很快失去了光泽。特林递给克鲁兹一个密封的容器，让他将这些热的液体倒进去。克鲁兹做好之后，便将密封容器放在盆里加热，过了几秒，他将密封容器打开，瓶内的东西由黑色变成了明亮的红色。

"加硝石！加硝石！"特林狂热地叫喊。

炼金术士接过那包硝石，扔进了滚烫的溶液中，硝石刚刚脱手，他便不由自主地拉着特林向后一跳——也许他潜意识中知道这是不安全的。特林刚想破口大骂，但是下一秒，阁楼便开始因为大爆炸而摇晃。

"快拿着水晶球下楼！"特林一边拍着身上的火，一边夺门而出。

爆炸产生的火焰引燃了屋顶的干草和四壁，很快，整个阁楼都烧了起来。炼金术士还是迷迷糊糊的，他按照命令拿着水晶球走下楼梯，火光被水晶球折射后像成千上万的宝石那样闪耀。楼梯的摇晃以及意识的恍惚让他的动作像个醉汉，与之相对，特林已经在克鲁兹出门时冲出院门，大声呼喊卫兵。由于没有卫兵出现，他就跑去了其他地方寻找。特林消失在街口时，克鲁兹也逃出了院门。穿着黑袍的他消失在黑夜当中，那颗塔尔诺夫大水晶球则藏在了他的袍子下面。

　　这两个人离开院子的时候，火已经蔓延到了旁边的房屋。又过了几分钟，火势愈来愈烈，波及了克拉科夫大学的一间宿舍。这时，风向突然发生了改变。熊熊烈火不断向市场逼近。转眼间，克拉科夫的大学区满是火光，整座城陷入了火灾之中。

· 第十四章 ·

大火肆虐

克拉科夫城分为四个区域——陶工区、城堡区、屠户区和斯拉夫科夫区，四位区长分别管辖这四个区域，灭火是他们的重要职责之一。因此，巡夜卫兵一发现火情，就马上赶去区长那里，一边用力敲门，一边大叫"着火了"。很快，区长就被家仆叫醒。

区长让人将火情告知管理水库和渡槽的水利官，让他们启动消防机制。与此同时，圣母玛利亚教堂的号手看到火光，也拉响了警钟。钟声唤醒了整个城市的人，在被映得通红的高大建筑下，到处都有人喊"着火了"。街上有鼓手敲鼓，叫醒有灭火责任的商人和学徒，宫殿的仆人们和其他城市居民也纷纷行动，用挂在墙上备用的工具灭火。

对当时的克拉科夫城来说，不论火灾是大是小，都需要严肃对待。如果不及时灭火，那么火势很快会顺着那些木制的、古老干燥，又建得非常拥挤的房屋蔓延开来，烧毁整座城市。而且，此时的火势着实不小，街上到处都是从建筑里跑出来的惊慌失措的市民，从高处俯瞰这幕场景，就好像是一个蚂蚁窝正遭到园丁焚烧,蚂蚁们正在四散奔逃一般。

街上到处都是跑出来的女人和小孩,还有拿着手稿和羊皮卷的黑袍学生,拿着玻璃器皿、星象盘或金属板的人。屋里都是火焰和热气,里面的人因此更加慌乱,他们来回乱跑,把值钱的东西顺着窗户扔出去,于是街上不一会儿就满是家具、衣服等物件。这些物品有的沾上了房子上掉下来的火星,也开始燃烧起来。

水利官将水车调了过来,车队从起火的地方一直排到渡槽。这些水车正常情况下应该由马来拉,但今晚事发突然,很多水车都是由套着轴杆的男人甚至男孩拉动的。守渡槽的人一给水车加满水,人和马就拉着车驶向火场,水用完后再从另一条街道返回渡槽。他们有时并不需要跑得很远,因为火势蔓延迅速,着火点距离最近的渡槽只有不到一英里。

水利官还派出了一队人拿着钩子和斧头拆除可能加剧火势的建筑,切断大火的蔓延路线。这些人有的去了圣方济各教堂,有的去了圣安街,还有的去了布拉卡街。理智尚存的民众也开始用水盆和木桶灭火并拆除烧着的墙壁。灭火的队伍很快被火舌逼得向后撤退。逃出的人们大多来到了市场的空地,这里到处都是人,到处都是财物,连示众台都被两户人家当成了安顿休息的地方。

奔逃的市民当中有一个中年女人、一位少年、一位少女与一只狗,他们走在鸽子街上,正努力绕过街上的杂物。火灾发生时他们正在睡觉,着火点又距离他们很近,因此他们没有带出任何东西。而这个女人是安德鲁太太,少年是约瑟夫,少女是埃尔兹别塔。沃尔夫也被带了出来,因为受了惊,它

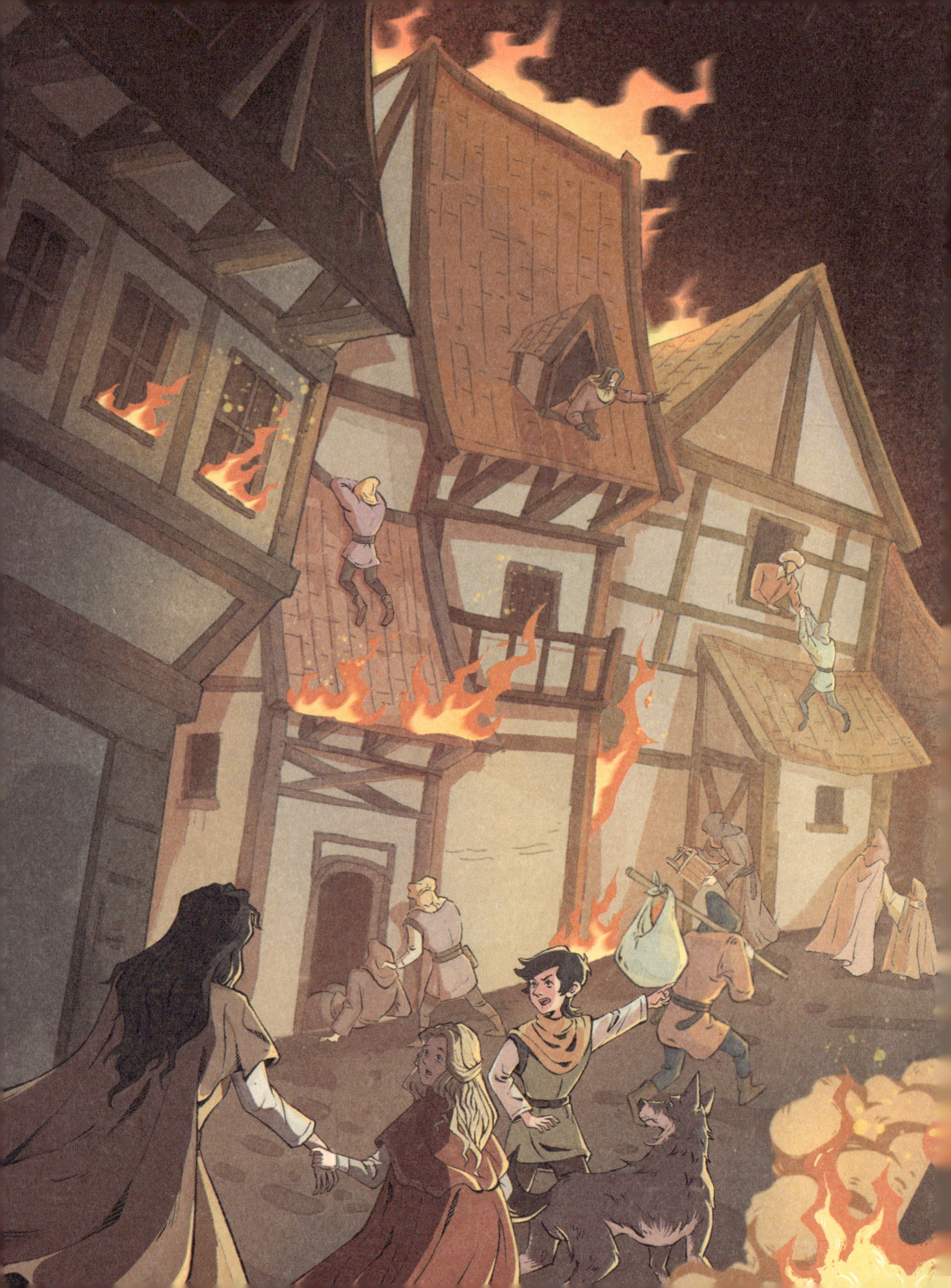

惶恐地跟在主人的后面。

　　他们艰难行进，心事重重。约瑟夫想着如何快速离开火场，但这大火总是戏弄他。火一会儿向左，一会儿向右，时而跳跃，时而侧移，有时候还会突然从人的身旁喷出。当他们庆幸躲过了火焰时，但很快发现身后的火苗又顺着风跟了过来。

　　一行人走到了鸽子街与一条十字小巷的交汇处，也就是今天的威斯尔那街，他们向巷子里看了看：充满烟雾，遍地残骸。他们不得不继续沿着鸽子街向前走，前往布拉卡街。

　　埃尔兹别塔心中想的全是她的叔叔，他们逃出来的时候她大声喊他的名字，但没有人回应。她想去阁楼找他，但是那时的阁楼已经被火焰笼罩，紫红色的光芒如同地狱中的恶魔现身，炽热的温度让人根本无法靠近。

　　安德鲁太太想的则是自己的丈夫。安德鲁先生今晚照例在教堂的塔楼值班，警钟就是由他敲响的。安德鲁太太想知道丈夫会不会从教堂出来救他们，在一片烈火当中，他又会不会遭遇危险。安德鲁太太只希望可以快点和他会合。

鸽子街南端地势较高，气温凉爽，火势要弱一些。他们走起来要轻松多了，但与此同时，周围的人也多了起来，这导致他们常常被人流冲散。周围的情景悲惨极了，很多人和他们一样来不及拿任何东西；小孩很容易迷路或者被撞倒，正在大声哭叫；有些人带着病人与老人，将他们扛在肩上或安置在简易担架上。

那天晚上，三个人被幸运女神眷顾，最终抵达了安全地带。约瑟夫很想躺在地上好好睡一觉，但是他刚停下喘口气，就被催促继续向市场走。约瑟夫想，他应该将母亲和埃尔兹别塔送到教堂的塔楼去，然后回去帮忙灭火。

他们沿着布拉卡街向市场走，忽然听见一阵马蹄声。约瑟夫将母亲和埃埃尔兹别塔拉到路边，看向瓦维尔山的方向："城堡的士兵要来了。"

约瑟夫话音刚落，一队骑兵便出现在不远处，他们排成队列，包围了火场。随后到来的步兵和工匠是拆除建筑的主力军，这些士兵通力合作，开始对抗大火。军用的攻城装置也被派上场了，随着震耳欲聋的轰击声，火场最外围的建筑一座座倒塌下来，形成了一条隔离线。

火势基本被控制住了。约瑟夫想。

他们继续向目的地走去，来到市场时，他们看见了一个犯人被一队士兵拖着向前。

"应该是个小偷。"约瑟夫说。

"天啊，怎么会有人趁着火灾偷东西，太卑鄙了！"安德鲁太太惊叫道。

他们和这队士兵擦肩而过，火把的光照亮了犯人的脸，约瑟夫不禁大声喊道："母亲，那个小偷不是别人，是纽扣脸彼得！是那个抢劫我们家，又抓了我和父亲的那个大坏蛋！没想到他居然在这时候落网了……原来是国王的亲兵抓了他，我刚才没看清士兵头盔上面的王冠标志和华丽的衣服。真好奇他们是怎么抓住这个恶人的。"

约瑟夫说得没错，押着彼得的这队人是国王的亲兵，亲兵路过市政大楼时并没有停下（这里是审判一般犯人的地方），直接押着彼得向瓦维尔山上的皇家城堡走去，看来彼得已经被他们认定为要犯了。

三个人来到教堂的时候，安德鲁先生正在那里焦急地等着他们，看到家人们平安无事，他长长地吁了一口气。将他们挨个拥抱了一遍后，他对约瑟夫严肃地说道："你在这里值班吧，后半夜的《海纳圣歌》由你来吹，火场急需我们出力，我得去灭火……话说，克鲁兹先生怎么没来？他是在救火吗？"

"我不知道，父亲。我们喊过他，但是没有人回答，而且当时他的阁楼被烧得面目全非。"

"那我得去找他，他对我们有恩。上天保佑。"

随后约瑟夫和安德鲁先生说了有关彼得的事，这让安德鲁先生去救火的念头有一丝动摇，因为他担心彼得的手下如果还在克拉科夫，那他的妻子和两个孩子可能会遭遇危险。但最后，满城的火光还是让他奋不顾身地加入了灭火的队伍中。

那一晚，安德鲁与成千上万名市民英勇灭火，拆除了着火点周围所有可能着火的建筑物。大火在一个方向上烧到了大学预科学校，救火队伍拆掉了旧犹太城门附近的房屋后，大火终于在这停了下来。但另一个方向上，大火又烧毁了大学的两栋大楼。而在最后一个方向上,圣方济各教堂修道院和附近的房屋均被烧毁,城堡街的大部分房屋也未能逃过一劫。

人们还在火场周围建了防火带,商人们赶着水车在渡槽和火场间往返,给防火带灌满了水。就这样,七八个小时之后,火势被控制住了,有些房屋和废墟上的火焰仍旧没有彻底熄灭,但是当防火带积满水之后,大火就没有蔓延的可能了。

第二天,安德鲁披着晨光回到塔楼时,三分之一的克拉科夫城已成为废墟。幸好一百多年前,卡济米尔大帝下令将半座城的木建筑改造为石建筑,如今城市繁华的区域基本都是石制的,否则这场火灾烧掉的就不只是那些陈旧的木头棚屋,而是整个克拉科夫城。

回到塔楼后,安德鲁看到埃尔兹别塔挽着安德鲁太太正在吹号手的小床上睡觉,约瑟夫则带着沙漏守在外面,看着远处冒着烟的废墟。

"克拉科夫安全了吗?"约瑟夫问。

"没事了,但很多人失去了家。"

"您找到克鲁兹先生了吗?"

"我没看见他,他像是一缕烟雾那样消失得无影无踪了。"

"唉,埃尔兹别塔。"约瑟夫叹息着。

女孩虽然睡熟了,但是听见别人提到自己的名字的时候,她呢喃了一声。

"也许他当时在阁楼里,那里是最初起火的位置。"安德鲁说道。

安德鲁话音刚落,他们所讨论的人就突然出现了。脚步声响起,扬·康迪扶着一个穿黑袍的人出现在楼梯口，那个人的双手在袍子下面交叉着。

"哈哈！大火！"炼金术士克鲁兹忽然狂笑道，"金子呢？约翰·特林，你还是没找到金子！"

没有听到特林说话，炼金术士变得有些焦虑："约翰·特林怎么不回答我？哦，他消失了。呵呵，大火把他变没了，把硝石扔进火里，红色，紫色！约翰·特林！哈哈哈，看看我拿来了什么好东西！"

他甩开黑袍，举起了手中藏着的东西。阳光恰好在这个时候穿过东边的窗户照进来，于是那个东西瞬间闪耀出璀璨的光，那光像宫殿里的吊灯，像王后冠上的红宝石和祖母绿。没错，它就是塔尔诺夫大水晶球！

"你怎么会有这个东西？"由于过于惊讶，安德鲁的喊叫声吵醒了安德鲁太太和埃尔兹别塔，"这是我们家世代守护的宝贝啊，我们发誓不让它落入任何人手里，除非那个得到他的人是波兰的国王。我以为它被偷走了，它怎么会在你的手里？你是在那个恶棍的手中夺回来的吗？或者是在废墟中找到的？还是……"

安德鲁忽然意识到了真相，闭上了嘴。

"它有诅咒，它上面满是血和火，它让贵族死去，让所有人变得疯狂！好人开始偷窃，坏人不停杀戮！我不想拥有它了！我要扔了它！"形容枯槁的炼金术士倚靠在扬·康迪身上，状态无比疯狂，但在那疯狂背后，又透露出他原本的理智和坚定。

"我不要它了，也再也不和约翰·特林来往了。"

说完这句话，炼金术士便失去了意识。

· 151 ·

扬·康迪搀扶着他，埃尔兹别塔则跑过来，冲到她叔叔身边，抚摸着他的双手。

安德鲁笑着拿起大水晶球："太好了，既然已经有不少人知道了这个秘密，我就不用再留着它了。我将它献给国王，使所有人都获得和平与宁静吧。克鲁兹先生说的是对的，它若是出现在世间，只会给人带来灾害。"

"那正好，"扬·康迪说道，"两天前，国王回到了克拉科夫，我们现在就可以去献上水晶球。"

· 第十五章 ·
国王卡济米尔·亚盖洛

从走进克拉科夫的那一刻起，瓦维尔山上的皇家城堡就成了约瑟夫心目中波兰最美的景色。这座城堡遭遇了多次战火，依然顽强矗立。城堡中心是一座砖石砌成的圆塔，周围的宫殿宛如它的护翼，让它的存在变得更加神圣。在古老的时代，人们在这座圆塔祭祀斯拉夫自然之神，只有在一些特殊的日子，平民百姓才被允许进入这个隐秘的圣地。

约瑟夫也曾登上圆塔，思考历史。传说在黑暗时代，克拉库斯二世与他的哥哥杀死了盘踞在瓦维尔山，吞食牲畜的恶龙。据说城堡地下的一处通到维斯瓦河的逃生通道就是恶龙曾经的藏身之处。恶龙被征服之后，人们才敢在瓦维尔山居住，最后，大家建起了尖塔和钟楼。这些宏伟的建筑约瑟夫都已见识过了，只有一处波兰的荣耀他未曾领略，那就是波兰国王居住的皇家城堡。

所以，那天上午将要去觐见国王的时候，约瑟夫紧张到了极点，他甚至不敢想象自己站在国王面前的情景，因为那会让他耳朵嗡嗡响，手指发麻。

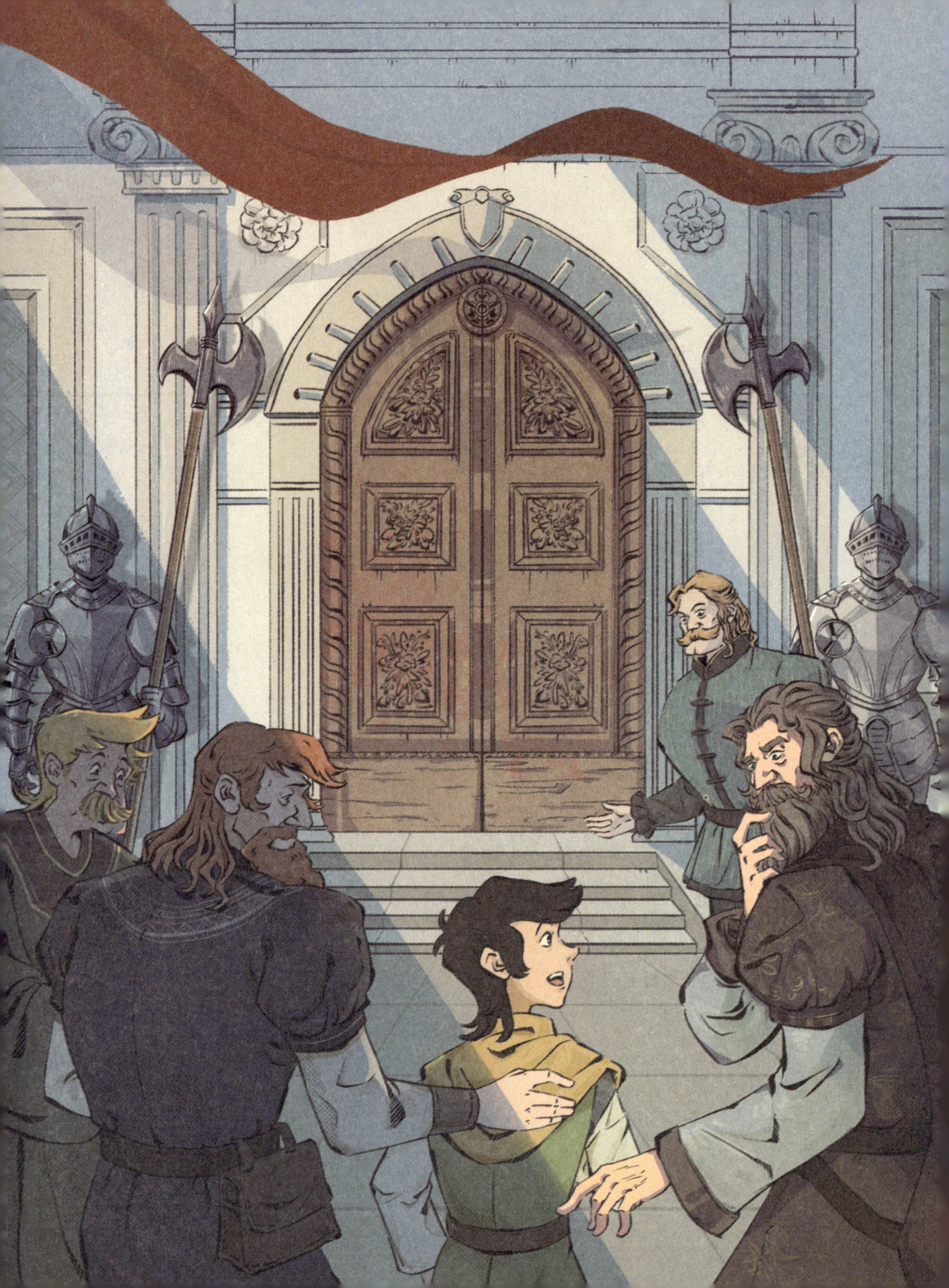

安德鲁犹豫要不要带上虽然苏醒，但仍然神志不清的炼金术士，扬·康迪劝道："今早我看见他在废墟中游荡，也不知道他是怎么让自己在大火中不受伤的……我总莫名地觉得带上他有好处，也许我们解释时他能当证人，也许旁听能帮助他解开心魔。反正他不会给我们带来什么伤害的，放心好了。"

安德鲁先生和扬·康迪帮助克鲁兹洗净了身体，换上了新的长衫。狼狗沃尔夫、安德鲁太太和埃尔兹别塔都被留在教堂，只有约瑟夫跟着这三个人。一路上炼金术士不得不被一左一右地搀着走，因为他的双脚虽然能正常走路，但是他的大脑完全不知道方向。但从他放松的神态来看，他充分地相信身边的人。

离开城堡街，他们沿着右手边的斜坡前往瓦维尔城堡。在他们身后，倒塌的房屋冒着黑烟，市民们仍在忙着扑灭余火。这场火烧毁了一侧的城堡街、几乎全部的鸽子街和圣安街，并给犹太街、金匠街、贝克街、布罗德街造成了不同程度的毁坏。

一行人被卫兵拦住了两次，但神父的名字和面孔就好像是通行证。最后他们来到直通王宫的小通道前的时候，士兵还集体举起手中的长矛向扬·康迪致敬。

他们在通道前等待了片刻后，进去通报的卫兵很快跑了回来："国王陛下说他会应允扬·康迪神父的任何请求，当前的会见结束之后，各位就能进去了。"

于是他们又继续等待了十多分钟，最后，一个看起来官位不小的蓝袍官员出现了，他郑重地宣布国王卡济米尔·亚盖洛有请扬·康迪神父和他的友人们觐见。

他们跟着这位官员穿过通道和开阔的庭院，登上大理石台阶，来到了露台。一扇大门猛地打开，让他们看见了国王。

当时的场景让约瑟夫终生难忘，国王的接见就像梦一样平静而奇幻地发生了。卡济米尔国王选择在小接待厅接见他们，这里不需要那么多繁文缛节。国王坐在无华盖的高背椅上，椅背的顶端凿了一顶皇冠，与国王头顶等高，乍一看像是戴在头上，连接着国王的那顶紫色的、四边折角的平顶软帽。国王穿的是一件巨大的紫袍，袍子的衣领也很大，绣着颜色各异的丝线。一条大金链压在衣领的褶皱上，空隙处透出绣金线的马甲。长袍宽大的袖口垂在国王的膝盖上，底边落在鞋面上，它的边缘是毛茸茸的。

约瑟夫和父亲单膝跪地，向国王行礼。国王看起来很和善，但护卫在国王两侧的那两名卫兵却无比严肃。这两名卫兵身穿板甲，手臂、胸、腿覆有金属，腰间别着短剑，像雕塑那样怒目而立，一动不动。除了他们，接待厅四周还有不少穿着各异的骑士，国王前方还有两个拿权杖的侍从。

扬·康迪欲行吻手礼时，国王示意他免礼，并问道："你带来的这些人是谁？是昨晚的灾民吗？"

"他们的确因火灾失去了家，但我觐见陛下并不是为了此事。这是恰尔涅茨基家族的安德鲁先生与他的儿子约瑟夫，原本住在乌克兰，因家园被恶人毁坏而来到克拉科夫。"

"所以你们遭遇的困难是什么呢？我对乌克兰很感兴趣，可惜最近我听到的有关乌克兰的事都是些坏消息。"国王对安德鲁说道。

"陛下，是这样的。"安德鲁一边拿出水晶球，一边毕恭毕敬地说，"我希望能为您献上这颗塔尔诺夫大水晶球。"

水晶球被拿出来时正好被阳光照射，刹那间，整个房间都被五彩斑斓的光点照亮，绚丽的光芒让每个人的眼睛都受到了冲击。国王三步并作两步走过来，拿起水晶球。

"太神奇了，我不敢相信世上还有这样的东西。多漂亮啊！"国王感叹道，"世界上没有宝石能与之媲美——你们家族是从哪里得到它的？"

"说不清了，但我的家族世代守护着它。"安德鲁答道。

"那为何要献给我？它的价值可能足以与我宫殿中四分之一的宝物相当。"

"是这样的，我们家族守护了它两百多年，我的祖先发誓如果它的存在不为人所知，就世代保管它，如果它的存在被人知晓，就将它交给波兰国王。"安德鲁说。

"所以是有外人发现了它？那你先说说为什么要将它藏起来吧。"

"陛下，它的历史很悠久，写下来都需要很长的篇幅。我现在长话短说。多年前塔尔诺夫城受鞑靼人攻击，城中的人推举我们的一位祖先来保管这件当地的至宝。不过，塔尔诺夫水晶球虽然美丽，却与巫术以及黑魔法有瓜葛，常引起流血死亡的事件，因此我的这位祖先发誓要用生命守护水晶球，不让别人抢走并利用它。从那之后塔尔诺夫城重建，住进了新的城民，而水晶球则一直在我们的家族手中保管。"

"它是怎么被发现的？"

"我家有个仆人是鞑靼人，在我家工作了很久。我一般把水晶球藏在南瓜中，因为我觉得他是一个老实人，所以我挖南瓜、给南瓜涂油和橡胶时没有刻意避着他，但是后面发生的事证明，这个仆人有很强的好奇心。他偷窥我挖南瓜的过程，发现了我的家族秘密，并在一年前从我这里辞职。他离开几个月之后，我的家就被歹徒摧毁，我猜他把这个秘密告诉了他的同族。"

"那个仆人知道这个水晶球有多值钱吗？"

"我不清楚，但我知道鞑靼人和哥萨克人都听说过水晶球，他们的小孩听着这个故事长大，很多孩子都有找到水晶球的梦想。"

"你啊，"国王盯着美丽的水晶球说，"你能说说人们为了争夺你所做的事吗？你可真无情啊。"

安德鲁先生突然双膝跪地，声泪俱下地说道："陛下！您收下它吧，它给世界带来太多厄运了。我们家族已经无力守护它，它再留在我们手里，只会继续带来焦虑和痛苦。为了保护水晶球，我的祖父甚至挖了一条地道，来帮助我们在受到袭击时安全逃离。

"水晶球再美，我对它也只有憎恨。它红橙黄绿的色彩背后满是鲜血，它折射出的每一束光都可以让人们反目成仇，我的家族已经履行了诺言，现在是该将水晶球献给您的时候了。"

注视着水晶球的国王忽然打了一个冷战，他似乎在水晶球深处看到了安德鲁先生所描绘的恐怖情景。

"我失去了家园。我的房屋、土地全没了，这都是拜这颗水晶球所赐。"安德鲁黯然神伤地说着，又讲述了一家人是如何逃来克拉科夫，在城门前如何遭遇纽扣脸彼得的攻击,住处如何被袭击,在塔楼如何被绑架的。

"我不清楚纽扣脸彼得背后的人是谁,不过我的儿子约瑟夫说他已经被您的亲兵抓住了。您若是能让我和他对质,或许他会说出真凶。"

国王的注意力渐渐被安德鲁的讲述吸引,他放下水晶球,激动地说:"没错,我派手下抓住了这个人,去,把他带过来。最近我在乌克兰的密探报称有个叫彼得或是博格丹的人藏身在克拉科夫,有意掀起一场大叛乱,昨晚我的亲兵在火场把他逮住了。"

伴着一阵当啷当啷的响声,戴了整副镣铐的彼得被两个手握长矛的士兵带了进来。虽然被抓住了,但他满脸高傲,不屑于看安德鲁和其他人,直直地盯着国王。最后他被那两名士兵强行压倒,跪在了地上。

但是,当他看见了国王身旁那颗流光溢彩的塔尔诺夫大水晶球时,他的表情很快变了。他看了安德鲁和炼金术士一眼,满脸的怨恨和不解。

"你被指控背叛波兰联邦,是否认罪?"国王威严地说道。

"指控?谁指控我?"

"乌克兰总督,除叛国罪外,你还有不少罪行,包括迫害这位先生,毁坏了他的家园,袭击他现在的住处,在他值班时绑架他。单是你对这位先生做的事,就足够判你好几次死刑。"

彼得长期作恶,又与达官贵人打过不少交道,即使在国王面前,他也毫无畏惧。意识到辩解是无用的之后,他当即决定用利益来打动波兰国王。

"我可以赎回我的自由。"彼得梗着脖子说。

"你拿什么来赎?"国王说。

"我有不少消息，比如，你的乌克兰要丢了。"

国王有些迟疑，他不愿让这个作恶多端的人活着，但是这个歹徒或许真能提供一些宝贵的情报。现在整个乌克兰一团糟，他需要这样的信息。对于其他犯人，他会选择拷问，这也是战场上比较常用的一种方法，但是这招对彼得又行不通，像彼得这样的亡命之徒，拷问是没用的，更何况彼得有哥萨克血统，哥萨克人的嘴很严。国王担心用酷刑审问他，反而只会得到一堆没有价值的谎话。

"考虑到你的消息可能还对联邦有所用处，我暂时留你一命。我也可以拷问你，但现在我给你个机会。听好……"国王对彼得说着，话中满是威胁的意味，"我在乌克兰也有不少密探，要是我知道的情报与你说的有所出入，那么你马上就会被吊死在塔楼大门上。听懂了吗？"

"听懂了。"彼得说道。在战斗中他浑不怕死，但他害怕丧失自由，被绑着受刑。听到这些话，他的脸色有些苍白。他打算尽量实话实说，因为水晶球已经被献给了国王，他已经没有机会拿到了。

"我对您说实话，但是希望陛下不要让人知道是我告了密，要不然即使陛下饶我不死，我也会……"他打了个响指，"陛下，您务必答应我的这个请求。"

"好，你说吧。"

"那我就说了。我本名博格丹，乌克兰人都叫我纽扣脸彼得。两年前的三月，我被叫到莫斯科，虽然身为哥萨克人，我不喜欢莫斯科人，但是我希望能找点儿新鲜事儿干，所以我就跟着那个有权势的人去了。他将我带到了伊凡面前。"

"你是说……"国王有些惊讶。

"没错,正是伊凡大公,莫斯科最显贵的人。他对周边的土地虎视眈眈,大家都说他想当皇帝。"

国王抿着嘴唇:"我知道是他,你亲口承认只不过是让我再次确认这个消息罢了。伊凡啊伊凡!他真是个卑鄙无耻之徒,明面上与我们交好,背地里却耍诡计。"

国王踱了几圈步,让内心恢复平静。"你继续说。"他命令道。

"他拥有的土地已经很多,但他并不知足,他想要控制臣服于波兰的鲁塞尼亚、立陶宛、基辅等地,并打算首先拿下乌克兰。有人建议他挑唆鞑靼人达到他的目的,但他派去汗国的使节却带回了一个令他意外的回答。"

"什么回答?"国王问。

"鞑靼可汗说如果伊凡大公能把塔尔诺夫大水晶球送给他,他就愿意出兵攻打乌克兰。"

众人大吃一惊,安德鲁先生更是脸色大变,他从未想过这个水晶球是如此重要。

"他怎么知道这颗水晶球的?"国王问。

"东方人都知道它的传奇,人人都想得到它。据说它能预见未来,还能召回亡魂。鞑靼人占领西部后,它便不知所踪,很多人尝试着寻找它,都一无所获。"

国王想了想,说:"那这应该是一个难以满足的要求,也许这是鞑靼可

汗的委婉拒绝，他是否不想攻打乌克兰呢？"

"并非如此，陛下，"纽扣脸彼得摇了摇头，他指着安德鲁说道，"当时这个人的家仆知道了水晶球的秘密，已经让消息传到了鞑靼可汗耳中，鞑靼可汗喜欢收藏各种各样的珍宝，他是真的想得到这个宝贝。这些消息是我从鞑靼人那边得到的，伊凡知道这是可以实现的要求之后，就答应了鞑靼可汗。"

"你是那个中间人？"

纽扣脸彼得微微欠身。

"在那之后，伊凡又派你去抢劫这位先生在乌克兰的家?"

纽扣脸彼得再次微微欠身。

国王怒发冲冠:"你!你简直不配称之为人!为了这样邪恶的目的,你毁坏无辜者的房屋和田地,还屡次想要杀害他们。上天啊,我手握王权,最希望的就是国家和平,人民安居乐业,然而四周的敌人却总是觊觎我们的土地,想要破坏波兰人民的安定生活。波兰啊,你的子民何时能获得永恒的幸福。"他指着纽扣脸彼得:"你还有要说的吗?"

"没有，在那之后我的行动一次又一次的失败，"纽扣脸彼得一边叹息，一边指了指站在大厅后方，眯着眼若有所思的炼金术士，"要不是这个家伙从中作梗，水晶球早就被我抢到手了。我应该早获得自由了吧，亚盖洛王室向来遵守诺言。"

国王不想直接回答他的话，让一个卫兵将彼得带了下去，然后对一个卫兵队长吩咐道："明天清早，就把这个家伙押到弗洛里安城门口，然后让守城卫兵押他到边境，等他出了边境以后，再除去他的镣铐。然后就不要再管他了，此后要是再有人在波兰境内看见他，就将他立刻送上绞刑台。"

卫兵带走彼得后，国王对安德鲁说："作为波兰国王，我要赞美你为波兰的忠诚付出，你的家族多年来坚持履行诺言，担负责任，这是非常难能可贵的。我对你们表示感谢。"

国王取下自己的金项链，戴在安德鲁的脖子上："我将这条金项链送给你，作为你们忠诚的奖赏，国家会补偿你们的财产损失，因为如果不是你们一家人的奉献，水晶球已经被那些恶人交给了鞑靼可汗，乌克兰很有可能会落入鞑靼人和伊凡之手。之后我还会找个合适的时机，给你更为正式的奖赏。"

扬·康迪示意觐见圆满结束，一行人开始向国王行礼。

国王也弯下腰，但他却是去捡放在他前方的水晶球。约瑟夫注意到，国王一注视到水晶球的中心，神情就恍惚了。他停在那里凝视着那个美丽的球体，似乎进入了梦境，遗忘了周边的一切。

· 第十六章 ·
塔尔诺夫水晶球的归宿

安德鲁父子仍跪在地上,结果就在此时,事情突然发生了变化。炼金术士克鲁兹彻底改变了这个故事的结局。

国王与安德鲁等人说话的时候,克鲁兹看似眼睛半闭,其实认真地听着屋中的每一次对话。在看遍了所有人的表情和行为,弄清了所有人的想法之后,他像猎犬一样一跃而起,从接待厅后方瞬间跑到了前方,从国王的手里抢下了水晶球。然后他撞倒一个卫兵,带着水晶球冲出了大门。

"拦下克鲁兹,他现在头脑不清醒!"扬·康迪大声说道。

但他喊得太晚了,克鲁兹已经穿过露台,沿台阶离开庭院。那里的卫兵由于知道他是扬·康迪神父的同伴而不敢阻拦他,让他顺利地冲出了小门。此时国王虽然带着侍从赶到露台,命令下面的卫兵速速追赶这个人,但是他们还是比炼金术士慢了一步,炼金术士一阵旋风似地穿过了城堡的大门,守门的士兵没有接到命令,也没有预料到这样的情况,惊讶地张大了嘴。

炼金术士一路跑到了瓦维尔山脚下,停在了维斯瓦河旁边。

安德鲁和约瑟夫跟着卫兵追赶炼金术士，国王和扬·康迪猜出炼金术士要跑到哪里后，直接来到城堡临河的一侧，在那里关注着炼金术士的一举一动。

克鲁兹在河畔转过身，示意追他的人如果再靠近，自己就带着水晶球跳下去。大家不敢惊动他，只好停下，看克鲁兹到底要搞什么名堂。

"听好！"他看了眼追他的那些人，又看了眼城堡上的扬·康迪和国王。此刻他头发凌乱，衣衫不整，面无表情，与美丽的水晶球形成奇怪的对比。

"听好！"克鲁兹用最大嗓门喊道，"这水晶球是我从安德鲁先生家里偷的，它的美丽让我丢失了诚实与善良，历史上有许多人都与我一样！从我看见它的第一眼起，我就堕落了，我不希望让这颗水晶球迷惑更多人。"

短暂的喘息之后，克鲁兹疯狂地笑起来："约翰·特林，对，就是特林，我的学生。他知道水晶球的事之后，就逼我通过水晶球寻找炼金术。我精神越来越差一方面是因为研究炼金术，另一方面是被这颗水晶球折磨。当这两种折磨交叠在一起……哈哈！我产生了扭曲的、疯狂的想法。我们的所作所为还害了整座城市，我想让波兰不受贫困困扰，最终却给市民们带来厄运，让许多无辜的人失去了一生的积蓄。"

说到最后，他的头耷拉了下去，说话也有气无力。

"别说了！我们这些人是你的朋友，不会责怪你。"扬·康迪喊道。

"我不配有朋友……"克鲁兹忽然又找回了力量，站直了身子，"水晶球，一切的罪恶因它而起，希望今后不要再有人与人之间的钩心斗角，不要再让国与国之间打得你死我活，就让这一切——在今天——结束吧！"

说出最后一句话时，他转过身，用尽全身力量，甩动手臂，拼命地将水晶球抛向高空。

水晶球在空中边飞边旋转，通过阳光折射，变得既像一个五彩斑斓的泡泡，又像一颗微缩的闪耀的星星。它向下，向下，向下……扑通！掉进了维斯瓦河，激起一大朵水花。下一秒，随着奔腾的水流消失得无影无踪了。

一时间河岸上的人、城堡上的人都沉默了。他们都看清了炼金术士的动作和表情：他的动作严肃、神圣；他的表情圣洁、释然。

"既然这样，我们向上帝祈祷吧。"扬·康迪说道。听到神父的话，所有人都开始跪在地上祈祷。当他们重新站起来时，他们看到炼金术士又像之前那样倒在地上，意识不清了。众人将他带到了塔楼，拜托安德鲁太太和埃尔兹别塔照顾。

众人安顿克鲁兹的时候，国王与扬·康迪进行了漫长的交谈，最后，国王放弃了对水晶球的打捞。炼金术士说得没错，虽然它非常美丽，价值连城，但是这也引起了人们的贪欲。由国王保管着它，就万无一失了吗？会不会有人遭到诱惑，潜入王宫犯下偷窃罪？会不会有其他国家看中这颗璀璨的水晶球，大军压至波兰边境？国王的军队足够强大吗？瓦维尔城堡的墙壁足够坚实吗？与其这样无休止地问下去，不如让它藏在维斯瓦河的波涛之下。

就这样，人们对塔尔诺夫大水晶球的追逐在1462年画上了句号，直到今天，它仍沉睡在河中。

国王按照约定补偿了安德鲁先生的损失，让他能够在乌克兰重建家园。安德鲁同年就与妻子带着补偿金回到了乌克兰，并且带上了需要照顾的埃尔兹别塔与克鲁兹。

炼金术士克鲁兹因为受到长期的催眠和水晶球的严重影响，苏醒后完全忘记了之前发生的事。约翰·特林则在克拉科夫销声匿迹。多年后，有人说他已回到德国老家居住，以施展催眠术谋生。

约瑟夫留在克拉科夫读完了大学，他在二十二岁时结束学业回到家乡，帮助父亲打理家业。回到乌克兰后不久，他就与埃尔兹别塔步入了婚姻的殿堂。

故事已经讲完，在此愿以波兰人心中最伟大的一句话进行收束，它也是波兰国歌的第一句：

愿上天保佑波兰！

· 尾声 ·
未完成的音符

日月如梭，现在已是 1926 年。今日的维斯瓦河不再环绕瓦维尔山，也不再是克拉科夫城和卡兹米日城的分隔线，它在很远处向西转弯，沿平原的边缘流淌。那片平原上诞生了一座新的城市。瓦维尔城堡和瓦维尔大教堂仍然坚实矗立在山峰上，山下的圣安德鲁大教堂和老布楼虽然外形有所改变，但也被保留在原地。

克拉科夫已不再是波兰首都，但作为中欧最古老的城市之一，它仍是波兰的文化、科学、工业与旅游中心。波兰各地的学生都向往来到克拉科夫建立于 14 世纪的大学，以及各种研究音乐、美术、贸易的学校求学；游客们由衷地喜爱那些哥特风格的建筑和尚未被鞑靼人、哥萨克人或瑞典人摧毁的古老的拱门和墙壁。

广场上的圣母玛利亚教堂是克拉科夫最瞩目的建筑和城市标志，原来你远远就能望见它的身影，但现在它的周围多了许多宫殿和建筑物，在远处只能看见两个塔尖。但当你走近这座教堂时，它周围的那种神圣的氛围就会让

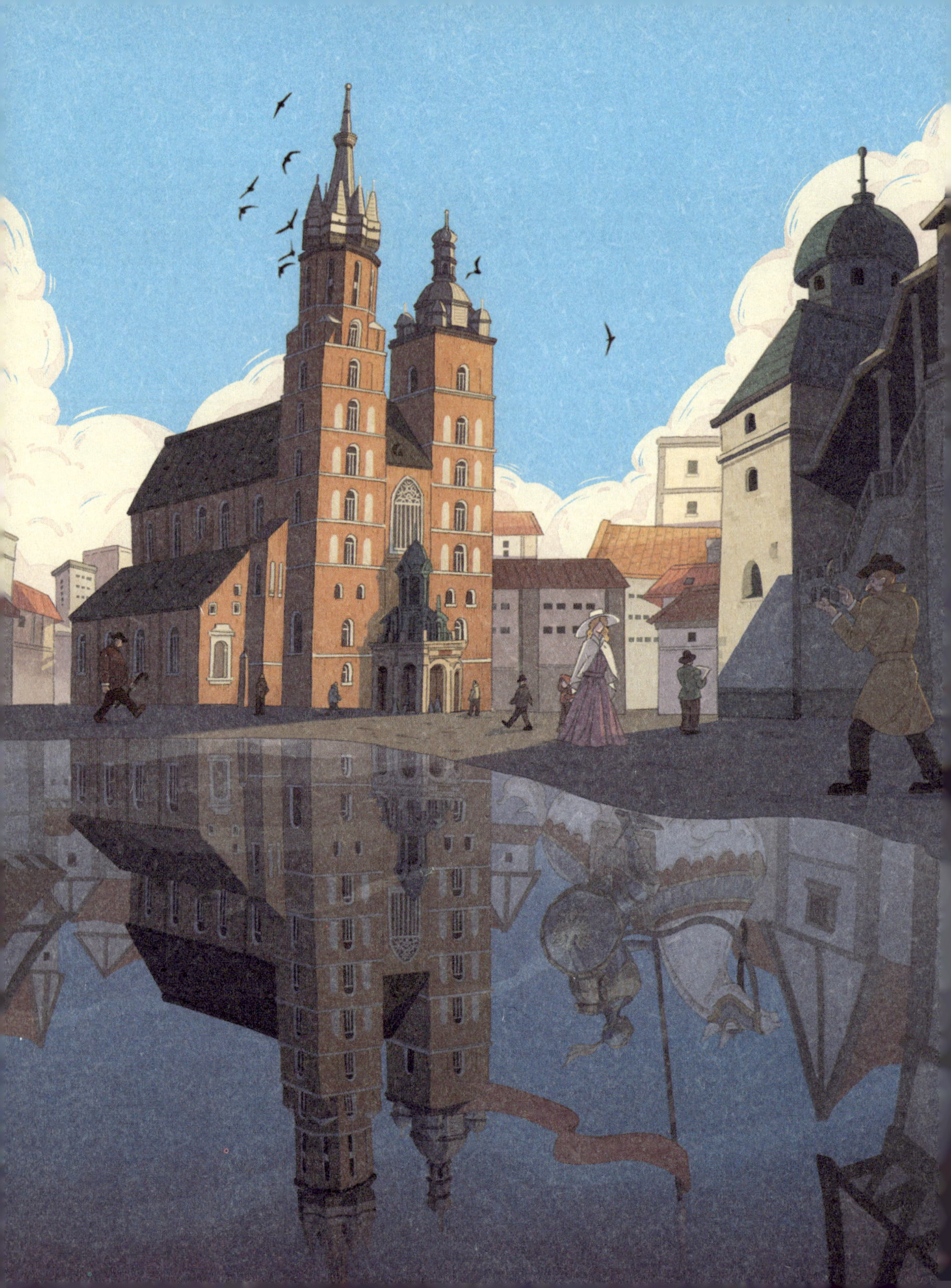

你不得不端正自己的内心。你会看见外墙上的墓碑和神龛，看见南门口施绞刑用的套索，走进教堂时，你还会看见不计其数的精美雕刻。教堂的穹顶是美丽的天蓝色，缀有繁星，许多石像从哥特式的凹槽处向下张望，和你视线交汇。一串音符远远传来，如同天籁。那是什么？哦，那正是吹号手在塔楼上吹响的《海纳圣歌》，几个世纪之前异族进犯时，有一位年轻人曾用生命吹奏这篇乐章——你能听到号手依旧在乐曲结尾时突然停止。

号手在东、西、南、北四个窗口各吹一次圣歌，这圣歌总是能唤醒波兰人内心的荣耀，他们会想起战火纷飞中那些勇敢无畏、为国捐躯的身影，想起那些年轻人为了结束战争、摆脱沉沦所做出的努力。

圣母玛利亚教堂上每隔一小时都会响起《海纳圣歌》，日日如此，年年如此，波兰从不缺少愿意承担这份责任的人。听呀，又有人吹响了圣歌。

愿它指引全人类走向和平！

图书在版编目（CIP）数据

吹号手的诺言 /（美）埃里克·凯利著；黄婷编译；
不画猫绘. -- 北京：科学普及出版社，2025.4.
（国际大奖儿童文学）. -- ISBN 978-7-110-10859-8
Ⅰ. I712.84
中国国家版本馆CIP数据核字第2024VQ4802号

总 策 划	周少敏
策划编辑	王　帆
责任编辑	王　帆
封面设计	书心瞬意
版式设计	翰墨漫童
责任校对	焦　宁
责任印制	徐　飞

出　　版	科学普及出版社
发　　行	中国科学技术出版社有限公司
地　　址	北京市海淀区中关村南大街 16 号
邮　　编	100081
发行电话	010-62173865
传　　真	010-62173081
网　　址	http://www.cspbooks.com.cn

开　　本	720mm×880mm　1/16
字　　数	130 千字
印　　张	11.5
版　　次	2025 年 4 月第 1 版
印　　次	2025 年 4 月第 1 次印刷
印　　刷	鸿鹄（唐山）印务有限公司
书　　号	ISBN 978-7-110-10859-8/I·782
定　　价	58.00 元

（凡购买本社图书，如有缺页、倒页、脱页者，本社销售中心负责调换）